20627

LES

CHANTS

D'UN

OISEAU DE PASSAGE.

LISIEUX. — IMPRIMERIE VEUVE TISSOT, RUE PONT MORTAIN, 6.

LES

CHANTS

D'UN

OISEAU DE PASSAGE,

POÉSIES,

PAR

ALPHONSE DUCHESNE.

Le Poète est semblable aux oiseaux de passage,
Qui ne bâtissent point leurs nids sur le rivage,
Qui ne se posent point sur les rameaux des bois.

Alphonse de LAMARTINE.

A PARIS, chez AMYOT, rue de la Paix, 6,
Et à LISIEUX, chez Mme veuve TISSOT, rue Pont-Mortain, 6.

—

1845.

1847

DÉDICACE.

—

A mon Père et à ma Mère.

—

Un père et une mère sont naturellement nos
premiers amis.
                                    Silvio PELLICO.

Pour enivrer votre vieillesse
Laissez-moi vous offrir mes parfums de jeunesse ;
Pour couronner vos cheveux blancs
Laissez-moi vous offrir la fleur de mes vingt ans.

Vous m'avez tout donné, la vie et la science ;
Vous m'avez rendu fort, car vous m'avez armé :
Vous m'avez tout donné, l'espoir et la croyance ;
Vous m'avez rendu bon, car vous m'avez aimé.

Ce qu'est la joie au cœur et la rose à l'abeille,
Ce qu'est à la fauvette un nid tranquille et doux,
Ce qu'est le Ciel aux yeux, l'harmonie à l'oreille,
Vous le fûtes pour moi, je le serai pour vous.

Vous avez des bonheurs, vous avez des alarmes,
Vous avez beaucoup d'ombre, hélas! et peu de jour;
Je ris, à vous mes ris; je pleure, à vous mes larmes;
Je chante, à vous mes chants; j'aime, à vous mon amour.

Mon cœur est une harpe, et mon âme une lyre,
Dieu de sa poésie a voulu m'embrâser :
A vous mes premiers vers et mon dernier sourire,
Ma première tendresse et mon dernier baiser !

　　Pour enivrer votre vieillesse
Laissez-moi vous offrir mes parfums de jeunesse.
　　Pour couronner vos cheveux blancs
Laissez-moi vous offrir la fleur de mes vingt ans.

Paris, Août 1845.

PRÉFACE.

—

Un mot est l'âme de mon livre.

Le prince Elim MESTSCHERSKI.

Pour toute préface j'aurais pu transcrire ici les lettres précieuses d'écrivains que leur génie rend sympathiques et chers à tous. Mais je me présente seul à la barre de la critique, si petite cause ne requérant point avocats si glorieux.

Par un motif semblable, je n'ose agiter ici aucune question d'art : trop lourd est le fardeau, trop mince est le levier.

Il y a dans ce livre des rêves d'enfant, des désirs d'adolescent, des premières impressions de jeune homme, moins de sourires que de larmes, rien de plus. Ces pages résument quatre années de ma vie et sont comme une grotte de cristal, dans laquelle aurait passé mon âme en se mirant dans les parois.

Ces vers, je ne les ai pas faits pour les publier, je les ai faits pour les faire, et je les publie parce que je les ai faits. J'ai souvent erré dans les plaines et dans les bois, écoutant avec ravissement les feuilles bruire et les oiseaux chanter ; demandant à tous les êtres et à toutes les choses le secret de leur existence, à la nature entière le mot de son énigme. Je me suis plu à promener dans la solitude des champs la solitude de mon cœur, et souvent je me suis fait d'un insecte, d'une fleur, d'un caillou, des échelons pour monter à Dieu. J'ai suivi mélancoliquement le cours sinueux des ruisseaux dans les prairies et des fleuves dans les cités, je me suis fait des bonheurs indicibles, je me suis créé des voluptés inénarrables, je me suis bâti des mondes infinis dans mes rêves sans horizon. Les rêves s'épanouissent au bord de la vie, comme les fleurs au bord des torrents. En aimant la nature j'ai aimé Dieu, en aimant Dieu j'ai idéalisé l'existence. Et j'ai chanté.

J'ai voulu souvent avec les yeux de l'âme regarder l'âme elle-même, mais l'âme sans travestissement et sans parure. Je l'ai vue dans toute sa gloire et dans toute sa misère, avec tous ses rayons et avec tous ses brouillards. J'ai cherché à comprendre d'où elle vient par ce chemin de la vie et où ce chemin aboutit. J'ai reconnu en elle le reflet des caractères divins. Tantôt je me suis dit : elle est descendue puisqu'elle remonte, et tantôt : elle remontera puisqu'elle est descendue. J'ai dédaigné la terre, j'ai regardé le ciel, j'ai salué l'orient. Et j'ai chanté.

Puis dans d'autres moments le doute, ce fardeau qui pèse plus sur l'esprit des jeunes gens que le temps sur la tête des vieillards, le doute qui abat, le doute qui paralyse, le doute qui rend tout sourire faux et toute parole amère, est venu s'asseoir à mon foyer, hôte parasite et maudit. Il m'apportait de l'ombre en place d'étoiles, du nuage en place de soleil, de l'angoisse en place de bonheur. Il répandait les flots de son encre épaisse et noire sur mes pages les plus blanches. Il est venu dans mon ciel changeant faire d'une belle voix lactée quelque chose d'affreusement sombre et d'affreusement vide. Alors j'ai salué d'un cri funèbre mes illusions à leur départ et ma croyance à ses derniers moments. Et j'ai chanté.

Puis quand mon cœur s'est froissé au contact de la vie réelle, quand il m'a fallu abandonner les prés, les champs, les bois, les êtres bien aimés, et mes doux loisirs et mes libres rêveries ; quand je me suis trouvé dans ce désert qu'on appelle une grande ville, seul avec moi-même, sans consolations, sans appui, sans amour, presque sans espérance ; quand j'ai vu l'égoïsme contracter toutes les âmes, le sentiment invincible du *moi* tyranniser tous les cœurs et y étouffer tout germe de bienveillance, j'ai pris en dégoût le monde extérieur, j'ai laissé s'échapper de ma poitrine oppressée un cri de désespoir. Et j'ai chanté.

Oui, toutes mes affections, tous mes sentiments, joies et souffrances ont fait vibrer mon âme et chanter mon cœur. J'ai trouvé la poésie dans tout, parce que dans tout j'ai trouvé l'amour, et qu'amour et poésie forment avec Dieu la Trinité créatrice dont il est le nom. Puisque toute chose est tirée de Dieu, il faut bien que son souffle, c'est-à-dire lui-même, vive en tout ; il faut bien surtout que la Poésie, révélation intime et sacrée, émanation directe de la Divinité, imprègne toutes les créations divines.

La Poésie, cette intuition secrète qui fait un être consacré de celui qu'elle domine, qui revêt d'une autorité sacerdotale celui qu'elle purifie, qui transporte les âmes au-delà des sphères communes, qui console du présent par l'avenir, du monde par le Ciel, des hommes par Dieu, qu'est-ce en effet, si ce n'est l'espérance et la foi, ces étoiles qui nous guident sur les flots de la vie? Si ce n'est l'amour, cet être des êtres, cette vie suprême à laquelle prennent part les anges et les fleurs, cette source intarissable au bord de laquelle s'unissent dans une alliance sainte les cœurs et les intelligences? La Poésie est-elle autre chose que le beau divin entrevu durant les heures d'extase? La croyance mène à l'amour, l'amour à la poésie, la poésie au buisson ardent.

On a dans ces derniers temps crié jusqu'à perdre haleine : la poésie meurt, la poésie est morte ; les dieux s'en vont. Ce qui est immortel ne peut périr, ce qui est immuable ne peut s'en aller.

Non, l'esprit poétique n'est pas à l'agonie. Jamais peut-être il n'a vivifié plus d'intelligences, élevé plus de regards. réchauffé plus de cœurs. Nulle génération ne s'est montrée plus que la dernière avide de connaître, parce que nulle ne fut plus avide d'aimer. Toute une ardente jeunesse, insatiable dans ses désirs, noble dans ses pensées, sublime dans son vouloir, s'abreuve aux sources philosophiques d'où coule toute poésie ! La même sève circule dans la tête et dans la poitrine, et c'est de cette alliance de l'esprit et du cœur que peuvent naître les plus poétiques des conceptions. La poésie ne mourra pas tant que les océans auront des bruits vagues, les forêts des solitudes, les cieux des aurores et des soleils couchants. Elle ne mourra pas tant que la vertu aura ses charmes, la vérité des attractions mystérieuses, la conscience des voix éloquentes, les fleurs des épines et les tombeaux des fleurs ! La poésie mourra quand la nature n'aura plus ses enivrements, la beauté ses grâces voilées, quand les yeux des pères n'auront plus de larmes, les lèvres des sœurs plus de sourires, quand les amants auront perdu leurs murmures, et les mères leurs baisers humides.... C'est-à-dire jamais. La poésie s'éteint ! Mais depuis quand a-t-on soufflé sur l'amour, et annihilé l'idée de Dieu qui la fait rayonner sur le monde ? Écoutez le poète Lamennais : « La poésie est comme la longue plainte de l'humanité exilée ; ne craignons pas que jamais elle s'éteigne sur la terre. » Non, car il y aura toujours des soupirs et des larmes, des regrets et des aspirations.

Puis de ce qu'il y a beaucoup de poésie, on a conclu qu'il n'y en a pas. On a dit : voyez cette foule de poètes et ces colonnes de volumes entassés : le souffle inspirateur, l'influence secrète, le *mens divinior* enfin, ne peut être ainsi prodigué. Il n'est pas dans toutes ces œuvres, donc il n'est nulle part ! — Mais séparez les rimeurs des poètes, et puis comptez. Il vous en restera beaucoup encore, sans doute ; mais c'est que notre époque est féconde, quoiqu'en disent les Alcestes du temps. Ce siècle, si fertile en dépréciateurs, est plus grand que celui qui l'a précédé, et celui qui le suivra sera plus grand que lui. L'esprit qui descendait en flammes sur le front des apôtres se pose aujourd'hui sur plus de douze têtes. Quelque chose de magnétique et d'excitant plane dans l'air et se fait sentir aux âmes. Je ne sais quels termes choisir, mais les jeunes gens me comprendront.

A mesure que le temps marchera la poésie portera plus de fleurs et plus de fruits, parce que les hautes croyances s'établiront plus fortement dans les cœurs. Enfant, on a la foi que donne l'ignorance ; jeune homme, on a le doute qu'apporte un demi-savoir ; homme mûr, on recouvre la foi par un savoir plus complet. Il en est de même des générations. L'humanité est comme une ligne droite : pour en faire un cercle il faut rapprocher les extrêmes. C'est pourquoi les derniers temps auront la foi des temps primitifs.

Rendre à ce mot d'amour, si mal compris et tant profané, son acception large, sainte, civilisatrice, en faire la base de la régénération nouvelle, et asseoir sur cette base commune l'idée sociale et l'idée religieuse, tel est ce me semble, au temps où nous sommes, le devoir du poète. Telle sera du moins la mission en vue de laquelle j'oserai dans l'avenir laisser s'envoler ma toute faible parole. Faire une profession de foi, indiquer le motif de leurs chants aux jeunes lyres qui font entendre avec la mienne leurs premières vibrations, peut-être est-ce là chose hasardée et présomptueuse : mais je me réfugie dans la pureté de mon espérance et la sincérité de mon cœur.

Je crois que nul germe n'est déposé en nous pour ne pas mûrir, et que chacun doit contribuer pour une part, faible ou forte, à l'action du progrès intellectuel pour avancer le progrès moral. L'acheminement des esprits vers l'amour du beau et vers la religion de l'amour est une œuvre à laquelle tous doivent concourir. Que chacun agisse dans la mesure de sa force, et ne s'inquiète pas de la part qu'il aura prise à l'accomplissement du travail général. A volonté égale, mérites égaux. Quand la bonne volonté régnera sur la terre, le dernier dégré de la civilisation sera atteint. Tout l'avenir est renfermé dans la phrase angélique : *Pax hominibus bonæ voluntatis.* Où l'homme apportera la pierre de taille que l'enfant apporte le ciment, et le monument sera vite édifié, par ce concours universel et puissant. C'est quelque chose de grand et d'irrésistible que cette voix sacrée du poète :

> Ne vous endormez pas, travaillez sans relâche,
> Car les grands ont leur œuvre et les petits leur tâche!

Ce n'est certes pas à une époque d'impuissance et de sté-rilité que l'on entend de pareils cris de ralliement. Ne laissons dormir nulle intelligence, ne laissons s'éteindre nulle faculté. si nous ne pouvons ouvrir le sillon comme les plus vigoureux, jetons-y du moins quelque semence. Si je ne suis pas la lyre, je serai au moins une des cordes de la lyre; si je ne suis pas la voix, je serai au moins l'écho qui la rappelle. Parce que le rossignol chante mieux que la fauvette, n'écoutez-vous jamais les chansons des fauvet-tes? Parce que l'aigle égare son vol dans les régions célestes, faut-il que l'hirondelle reste immobile au bord de son nid? Non. Que l'air s'ouvre à toutes les ailes, que l'oreille s'ouvre à tous les chants. « Celui-là est maudit qui, désertant sa tâche, enfouit le talent que la providence lui a confié pour le faire valoir. Le plus pauvre possède quelque chose, et ce peu, quel qu'il soit, ne lui est donné que pour servir à tous. »

C'est dans cette conviction que j'ai puisé mon courage pour
le présent, mon espérance pour l'avenir, et voilà pourquoi
j'apporte aussi ma petite pierre. Qu'importe dans quel coin
obscur elle sera placée pourvu qu'elle serve à quelque chose?

Ce livre, je le commence avant seize ans, je le finis à
vingt. En quatre années ces vers subissent quatre trans-
formations bien marquées, et je leur ai donné cette division
afin qu'on ne confondît pas l'enfant avec le jeune homme.
J'avoue de quelle mince valeur est le volume tout entier,
mais je confesse à plus haute voix la faiblesse des deux premières années, de la première surtout. J'ai publié néanmoins
ces vers de collége pour les quelques amis qui se sont plu à
suivre mon obscur talent dans ses phases diverses. Je les ai
imprimés aussi pour moi-même, et c'est-là ma faute. Je
n'ai pas eu le courage d'ensevelir de ma propre main mes
premiers-nés, ces tristes enfants d'un tout jeune amour,
pâles, gauches et bégayants, car je les aime encore pour
les joies naïves, pour les voluptés pures, pour les espoirs
chatoyants et les tendresses paternelles dont ils ont enchanté
mon adolescence. Que j'aie eu pour eux un attachement de
prédilection, qu'ils aient été mes premières délices, ma
première passion sérieuse, peu importe à mes lecteurs (si
j'en ai). Le fait est que ces ébauches valent infiniment peu.
Aussi priè-je instamment ces lecteurs supposés DE NE PAS
LIRE les deux premières années, imprimées pour moi tout
seul. On pourra tout au plus commencer par la troisième.

Quand à mon titre, je ne l'ai pas choisi. Il m'a été im-
posé par tout ce que j'ai vu, l'idée de *passage* étant celle
qui a le plus frappé mon intelligence. Les chants du poète
traversent aussi rapidement la mémoire des hommes que
les cygnes voyageurs traversent nos campagnes.

J'ai dédié cette première œuvre à mon père et à ma
mère, parce que je ne connais pas de personnes au monde
qui soient plus tendrement aimées et méritent mieux de l'être.

Ce livre, capricieuse ébauche d'une jeunesse abandonnée à ses propres forces, je ne le présente pas comme un titre : je ne le lance pas à tout venant comme un cri de victoire, loin de là. Je voudrais qu'il fut uniquement un signal d'arrivée. J'espère donner, dans quelque temps, si Dieu me prête vie et si les hommes me prêtent assistance, quelque chose de moins imparfait, de plus régulier, de moins frivole, de plus philosophique surtout, car la philosophie et la poésie sont deux syllabes du même mot, deux facettes du même diamant, deux étoiles du même ciel.

J'offre ces préludes à ceux qui aiment les élans naturels d'une âme encline à la rêverie et débordante de mélancoliques tendresses ; à ceux qui se plaisent à causer avec un livre comme s'ils causaient avec eux-mêmes ; à ceux qui trouvent la providence dans une fleur et l'amour dans un baiser.

Je l'adresse surtout avec reconnaissance aux cœurs sympathiques qui ont fait chanter à mon oreille la musique de leurs encouragements, aux âmes tendres qui ont compris ma pensée et ont souhaité qu'elle mûrisse et fructifie, aux amis en un mot que j'ai déjà rencontrés sur ma route. J'en fais hommage principalement aux habitants de ma ville natale, et je saisis avec joie l'occasion de les remercier publiquement de la sympathie générale qu'ils m'ont témoignée, des suffrages précieux dont ils m'ont honoré. Un tel souvenir me fera marcher plus fermement dans la carrière dont je franchis aujourd'hui le seuil. Tous mes vœux donc à ceux dont les voix m'ont consolé, dont les lèvres m'ont souri ! Puisse la force résider toujours dans les bras qui m'ont soutenu, et l'espérance dans les cœurs qui m'ont aimé !

Paris, Août 1845.

DIX-SEPTIÈME ANNÉE.

Il n'y a rien de plus poétique, dans la fraîcheur
de ses passions, qu'un cœur de seize années.
Le matin de la vie est comme le matin du jour,
plein de puretés, d'images et d'harmonies.

CHATEAUBRIAND.

Je pensais que la vie est une épreuve amère,
Qu'elle a peu de beaux jours, beaucoup de longues nuits.

Théophile de **BARBOT.**

ROSE ET SÉPULCRE.

—

> Où sont-ils, Vierge souveraine?
> Mais où sont les neiges d'antan?
>
> VILLON.

L'un se plaît à marcher sur le sable des grèves,
A contempler la mer quand mugissent les flots,
L'autre, dans les forêts à nourrir de longs rêves,
Et moi, j'aime à fouler le gazon des tombeaux;

Solitaire et pensif, loin des bruits et des joies,
J'erre d'un pas distrait parmi ces monuments
Où le temps et la mort accumulent leurs proies,
Où craquent sous les pieds de pâles ossements.

1

Dans ces vallons de pleurs mon âme est attendric,
Et mon luth frémissant jette un son douloureux ;
Je dis, voyant l'écueil où se brise la vie :
« Ils vivaient comme moi, je m'éteindrai comme eux ! »

C'est là que je sens mieux dans ma jeune poitrine
S'épanouir mon âme et palpiter mon cœur ;
En contemplant ma fin, je vois mon origine,
Et mon esprit s'élève à l'Etre créateur.

La puisssance de Dieu m'apparaît plus sensible
Quand je viens recueilli m'asseoir sur un tombeau ;
Le cœur me parle là sa langue intraduisible,
Et je mêle mes chants à la voix du corbeau.

Car la source où je viens puiser la poésie,
C'est la pierre, témoin des plus âcres douleurs,
Le marbre où semble encore expirer le Messie,
C'est le bois sillonné par des torrents de pleurs!

Je ne sais quelle voix dans le cœur du poète
Pour toutes les douleurs éveille la pitié ;
Je ne sais quel génie avec des pleurs lui jette
Les mots, accents plaintifs, d'amour et d'amitié!

Une nuit, la mort vint au sein d'une famille,
Pour aiguiser sa faulx sur la pierre du seuil,
Moissonner une fleur, un front de jeune fille,
Et jeter sur sa mère un long voile de deuil.

Lorsqu'en ce champ béni qui recelle ses charmes,
D'une terre amollie étroitement couverts,
Je viens à son tombeau rendre un tribut de larmes,
La douleur est ma muse et je pleure des vers :

« Déjà le noir cyprès croît sur ta jeune tombe,
O toi sur qui ton père avait mis tant d'espoir !
Toi, si digne d'amour, douce et blanche colombe,
Tu n'es plus qu'un objet infect, hideux à voir !

« — Et penser qu'elle est là, sous la pierre couchée,
Que son beau corps d'albâtre est l'aliment des vers,
Et que sur son cercueil l'herbe tombe fauchée...
Oh ! ces pensers du cœur, mon Dieu ! qu'ils sont amers !

« O vierge, sous tes pas l'espérance était née,
Et de ta courte vie on fêta le matin ;
Mais quand on prépara les fêtes d'hyménée,
On chercha vainement la Reine du festin.

« L'amour t'eût dévoilé son sublime mystère...
Vain songe ! Le sépulcre est ton lit nuptial,
Et la mort envieuse, hélas ! rose éphémère,
Imprima son baiser sur ton front virginal ! »

— On dit que de longs doigts d'une main de squelette
Traçaient près de son lit de sinistres contours,
Que, tremblante d'horreur, elle cachait sa tête,
Mais que le spectre affreux apparaissait toujours !

On dit aussi qu'ouvrant sa débile paupière
Obscurcie à demi des ombres du trépas,
Au chevet de son lit, à son heure dernière,
Elle cherchait quelqu'un, quelqu'un qui ne vint pas !

Si bourdonnait près d'elle une importune abeille,
Si sa mère exhalait des sanglots superflus,
Revenant à la vie, elle prêtait l'oreille...
Mais l'une se taisait, l'autre ne pleurait plus.

Et nue, échevelée, au-dessus de sa couche,
Se dressant tout-à-coup, elle étendait la main,
Méconnaissait son père, et d'un regard farouche
Mesurait son élan, puis retombait soudain.

Le souffle allait quitter sa poitrine glacée,
Par degrés s'éteignait la flamme dans ses yeux,
Mais une fois encor sa voix embarrassée
Bégayait expirante un nom mystérieux !

Et le Dieu trois fois saint à cette âme enfantine
Vient de tendre les bras de sa paternité,
Et la vierge au front blanc dans la coupe divine
Puise l'oubli des maux et boit l'Eternité.

Jeunes hommes, pleurez ! vos yeux la trouvaient belle ;
La tombe a dévoré votre idole d'un jour :
Pleurez ! elle avait tant de charmes que pour elle
La Mort même, la Mort s'est éprise d'amour !

Et moi, je pleure aussi ; puis, la tête baissée,
Je reviens lentement vers le toit paternel,
Je reviens, nourrissant cette amère pensée :
Que le cœur boit souvent á la coupe de fiel !

S'il passe près de moi jeune fille jolie
Qui dise un chant d'amour par l'écho répété,
Je lui jette ces mots que bien vite elle oublie :
Tremble ! j'ai vu la terre engloutir la beauté !

Août 1841.

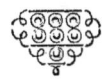

Dans la Rue et dans la Mansarde.

—

Et nul ne me disait : Vous souffrez ! Qu'avez-vous ?

Mlle Pauline DE FLANGERGUES.

I.

DANS LA RUE.

« Avez-vous une mère , ô riches qui passez ?
« Si vous en avez une, oh ! pitié pour la mienne !
« Votre mère est heureuse et vous la caressez ;
« Hélas ! la mienne, à moi, n'a que le souffle à peine !

    « Si vous saviez ! Elle est sans pain !
« Elle pleure et gémit ; si grande est sa souffrance !
« Donnez ! vous qui vivez au sein de l'opulence ,
        « Donnez ! ma mère a faim !

« Je saurais sans pleurer supporter la misère ,

« Et , si c'était pour moi, je ne mendierais pas ;

       « Mais je me traîne sur vos pas ,

« Car nous souffrons bien plus quand souffre notre mère !

« Point de flamme qui brille au milieu du foyer ,

« Et la bise en sifflant a fait trembler la vitre :

« D'une mère qui meurt je suis fils ! à ce titre

       « On peut bien supplier !

« O riches , vous passez ? vous passez sans m'entendre ?

« Mais vous n'avez donc point de cœur pour me comprendre?

« Mais vous n'avez donc point de main pour soulager ?

« Ne voyez-vous pas , vous que le plaisir assemble,

« Que ma mère a grand froid , que j'ai faim, que je tremble?

« Oh ! vous le voyez bien , mais c'est sans y songer !

« Ne jetez qu'une miette au pauvre enfant qui pleure ,

« Mais aussi jetez-là, pour qu'à la septième heure,

« Ma mère puisse encor réciter l'angelus !

« C'est affreux , savez-vous , de souffrir de misère?

« Enfants riches , donnez vos miettes à ma mère ,

« Et je prierai pour vous la Vierge et son Jésus ! »

Tous passaient dédaigneux , et d'un regard d'envie

Le malheureux enfant les regardait passer ,

Et déjà dans cette âme où s'éteignait la vie

S'entassaient des douleurs assez pour la briser !

En vain il répétait , mais plus bas : pour ma mère !
Nul œil n'avait pour lui de regard bienveillant :
Et sa voix se mourait : d'une sueur amère
Les gouttes ruisselaient sur son front défaillant.

Mais voilà qu'à lui vint un pauvre prolétaire ,
Un de ces gens obscurs que le bon Dieu bénit ,
Qui reçoivent joyeux un modique salaire ,
Et cachent un bon cœur sous un grossier habit.

Il comprit , lui , les sons de cette voix émue ,
Vit que du pauvre enfant jointes étaient les mains ,
Que des larmes roulaient dans ses yeux presque éteints
Et que sa poitrine était nue !

Il était bon , cet homme ! Au petit mendiant
Qui murmurait toujours le même nom de mère ,
Aussitôt il glissa sa bourse en souriant ,
Mais que sa bourse était légère !

Vous dont le noble cœur ne fut point endurci
Par l'égoïsme froid qui dessèche les âmes ,
Quand des vieillards sans pain ou bien de pauvres femmes,
Avec la voix du cœur, vous répondent : merci !

N'est-ce pas qu'un bonheur comme celui des anges
Fait frémir tout votre être et fait briller vos yeux ?
Du pauvre soulagé recevoir les louanges
N'est-ce pas savourer les délices des cieux ?

II.

DANS LA MANSARDE.

« Mère, réjouis-toi! Pour nous plus de souffrance!
« Bénis Dieu! je reviens riche, riche.... tout plein!
« Nous pourrons désormais vivre dans l'abondance,
    « Car j'apporte du pain!

« On est heureux, bien sûr, quand on a des richesses :
« Et moi, j'en ai, ma mère, et je te donne tout!
« Tout! mais aussi rends-moi de ces douce caresses
« Que j'aime cent fois mieux que le plus beau joujou!

« Les jours bien froids, bien froids... quand l'eau sera gelée,
« Le feu réchauffera nos membres engourdis,
« Et tes contes, si beaux — surtout quand tu les dis —,
« Tu me les conteras, le soir à la veillée.

Sa voix fut sans écho dans le froid galetas.

« O mère, pourquoi donc ne me réponds-tu pas?
« Qu'ai-je dit? qu'ai-je fait? comment t'ai-je fâchée?
« Aurais-tu dans le cœur quelque peine cachée?

« Il faudrait me la dire à moi qui t'aime tant,
« Et qui ne suis encor qu'un jeune et faible enfant,
« Mais un enfant déjà grandi par l'indigence!

Sa mère s'obstinait à garder le silence,
Et lui, ne pouvant pas expliquer son courroux,
N'osait lever les yeux, et disait à genoux :

« — Quelques sous seulement,... pars,... la faim me dévore,... —
« M'as-tu dit. Et ces sous, je les ai mendiés!
« Et, mère, contre moi tu te fâches encore!
« Va, les riches, pourtant, je les ai bien priés!

« Si j'ai ri quelquefois aux pieds de la madone;
« Et hier, malgré mon cœur, si ma langue a menti,
« Tu sais bien que tout haut je m'en suis repenti?
« Quand l'enfant se repent, sa mère lui pardonne!

« Je t'ai fait de la peine, oh! oui, car tu m'as dit:
« —Pour que je t'aime encor, ne mens plus, mon petit;
« Le bon ange du ciel qui te garde à chaque heure,
« Toutes fois que tu mens, gémit, triste et confus,
« Sous ses ailes d'azur baisse la tête, et pleure!
« —Oh! va, mère, jamais je ne mentirai plus!

Ta mère! enfant, elle est immobile et glacée!
Dans tes souvenirs seuls demain elle vivra,
Car demain tous diront : c'est une trépassée,
Quand du temple voisin la cloche gémira!

De sa mère sans vie il souleva la tête,
Hélas! et lourdement la tête retomba!
Il comprit son malheur, sa bouche fut muette,
          Et son courage succomba!

Les croix saintes, enfants, que vos lèvres les baisent!
—C'était près d'une croix que le triste orphelin
S'écriait : Mère, ô mère! adoucis mon chagrin!
Mais la mort est sans voix et les tombeaux se taisent!

CINQ VOIX.

> Je crois à une Providence spéciale pour les hommes
> d'un grand génie ou d'une grande vertu.
>
> George SAND.

I.

L'HISTOIRE.

Un jour, dans sa furie,
La plèbe avait de sang rougi notre patrie,
Avait vomi l'outrage au nom de Jehovah,
Renversé ses autels et proscrit ses ministres,
Lorsqu'imposant silence à ces clameurs sinistres,
Un homme se leva.

Il avait soif de gloire,
Et sa main à son char enchaîna la victoire.
Bientôt de l'Éternel la voix le rappela,
Car il ne bornait pas l'essor de son génie.
Plus d'un peuple voulut lui faire une agonie :
Le conquérant trembla.

Durant quatorze années
Sa main des nations pesa les destinées :
Sous le poids de sa gloire alors tout se courba.
Son œil était de feu, son cœur était de pierre ;
Mais le monde ligué déploya sa bannière,
Et le géant tomba.

II.

UN GROGNARD.

Un rayon de ses yeux allumait des tempêtes ;
Ses pieds allaient foulant les plus superbes têtes ;
Le colosse montait, montait, montait toujours....
Nous autres guerriers, fiers de sa grandeur amie,
Nous aurions tous donné dix ans de notre vie
Pour faire plus heureux un seul jour de ses jours !

Quand l'Égypte disait : Vainqueur, je te salue !
Que, sur les bords du Nil, une troupe vaincue,
En vain criant : Allah ! fuyait pâle d'effroi ;
Et quand, pour ajouter à nos mâles courages,
Sa voix électrisante évoquait les vieux âges,
Pour nous, pour ses soldats, sans pourpre il était Roi !

Il savait que la gloire anoblit des esclaves,
Et que les noms sont beaux quand les hommes sont braves ;
Et sa main se fermait dans la main des soldats.
Pour monter, la valeur aplanissait la route.
S'il eut dit, notre sang eût coulé goutte à goutte.
Nous vivions de sa vie ; il regnait par nos bras.

III.

UNE VOIX PLAINTIVE.

Des tigres rugissaient. Au sein d'une famille,
  Moi, je rêvais bonheur.
Près de mon toit brillaient deux yeux de jeune fille
  Et je sentis mon cœur.

Sur son front rougissant je posai la couronne,
  La couronne d'hymen ;
C'était pendant l'hiver, et je vis à l'automne
  Un enfant à son sein.

Le temps allait, allait, et l'enfant s'est fait homme ;
  Mais le cor a sonné,
Et mon fils pour les camps a laissé l'humble chaume
  Sous lequel il est né.

Et la mort l'a frappé loin des rives de France.
  Qui me fermera l'œil ?
Sa mère ? Le regret, sa dernière souffrance,
  L'a couchée au cercueil.

Immoleras-tu donc le repos des familles
  Pour des exploits nouveaux,
Et veux-tu, roi barbare, en dépeuplant nos villes,
  Régner sur des tombeaux ?

IV.

UN PATRIOTE.

Dans un espace étroit resserrer le génie,
Imposer froidement les maux de l'agonie,
Rétrécir avec soin le cercle des amis,
A coups lents et marqués frapper une victime,
Oh ! c'est un crime affreux, bien affreux, et ce crime
      Hudson, tu l'as commis !

Hudson Lowe ! Geolier ! ta mémoire est maudite !
Du *Corse* assassiné par ton zèle hypocrite
Les plaintes dans nos cœurs ont trouvé de l'écho !
Tu croyais donc par là nos gloires étouffées ?
Nous pouvons étaler par monceaux nos trophées,
      Et vous n'avez qu'un Waterloo !

Albion ! égalant ton crime à sa misère,
Tu voulus arracher le fils des bras du père.
Oh ! dans l'art du bourreau ton peuple est bien savant !
S'il se fut abreuvé de paternelle joie,
Peut-être que la mort eut attendu sa proie,
      Et dans les fers il était grand !

Albion, tu te plus à déchirer son âme,
Mais les âges viendront, et te diront : Infâme !
Qu'eût-il montré du doigt quand vous l'avez trompé,
Si vous eussiez crié, comme au Fils de Marie
Ricanait d'Israël l'amère moquerie :
      « Dis-nous qui t'a frappé ? »

V.

LE POÈTE.

Le gigantesque enfant qui, né dans la poussière,
Grandit, et dans les cieux porta sa tête altière,
Qui vint nous délivrer de vils persécuteurs,
Et qui, suivant d'abord les pas du divin Maître,
Armé d'un fouet vengeur, dès qu'on le vit paraître,
Chassa des saints parvis tous les profanateurs !

Ce roi, fléau des rois, ce maître de la foudre,
Doit-on le condamner ou bien doit-on l'absoudre ?
Le condamner ? Pourquoi ? Pour s'être fait trop grand ?
Oh ! méditons longtemps cette histoire passée,
Dédale étrange et vaste où se perd la pensée !
Nous ! absoudre un mortel de s'être fait trop grand ?

Non ! ne prononçons pas ! Il est une puissance
Qui donne à tous leur lot d'esprit ou de vaillance.
Quand un mortel sans nom sent vibrer dans son cœur
Une voix qui lui dit : « Tu peux de grandes choses ;
» La volonté, c'est tout ; mais rien, rien si tu n'oses.... »
Tout le presse ; peut-il refouler son ardeur ?

Je vois, quand devant moi passe encore son fantôme,
L'homme dans le héros et le héros dans l'homme.
Le mortel eut été marqué d'un sceau divin
Si de souillure exempte avait passé sa vie.
Dans tous ceux qu'il grandit j'admire le génie ;
J'aime un chêne aux longs bras quelque soit le terrain !

Contemplation.

―――

Ah! le vrai livre est la nature entière.

DE PONGERVILLE.

Quand nous vient plus riante une aurore nouvelle,
Qu'en longs jets rayonnants la lumière ruisselle,
Que tout revêt la vie et reprend sa couleur,
Que l'homme ouvre son âme et la fleur son calice,
Poètes, nous allons de délice en délice,
Car un divin parfum embaume notre cœur.

Le matin d'un beau jour, quand la brise attiédie,
Secouant la rosée, aux champs porte la vie,
Quand tout renaît, s'éveille, et que pour l'Eternel
Tous les oiseaux en cœur gazouillent des louanges,
Je me sens enivré de voluptés étranges,
Et je mêle ma voix à l'hymne universel.

Mes regards, égarés sur ce théâtre immense
Où s'étale une part de la magnificence
Dont le Seigneur orna l'œuvre qu'il a béni,
Mes regards vont se perdre, ainsi que ma pensée
Qui bondit, prend l'essor, mais à peine élancée
S'abyme dans ce gouffre appelé l'Infini !

Lorsque, tous deux frappés de la grandeur divine,
Le moucheron frémit et l'archange s'incline,
Qui donc ne chanterait l'hymne saint du réveil,
Si, dans l'immensité que nul regard n'embrasse,
Son œil, s'ouvrant en vain pour mesurer l'espace,
Monte d'un grain de sable au disque du soleil ?

Amant passionné de la simple nature,
Quand je la vois si belle, une volupté pure
M'inonde d'un bonheur que j'avais ignoré ;
Chaque objet à mon cœur parle une langue intime ;
Et tout crie : Hozannah ! tout, dans l'œuvre sublime,
Murmure au trois fois Saint : Je te suis consacré !

Moi, je dis, en vidant la coupe des délices :
« Rien ne sortit sans but de tes mains créatrices ;
Les Cieux chantent ton nom, la terre ta bonté ;
O grand Maître ! en fixant à chaque être, en ce monde,
Son rôle et son emploi, ta sagesse profonde
Leur imprima le sceau de ta nécessité !

2

« Voltigeant du bleuet à la blanche églantine ,
C'est pour nous , dans les champs , que l'abeille butine ;
L'arbre a des fleurs pour plaire et des fruits pour nourrir ;
Le ruisseau serpentant raffraîchit nos prairies ,
L'ormeau sait protéger nos douces rêveries ,
Et l'homme est fait par toi pour t'aimer et mourir ! »

Novembre 1844.

THÉCLA.

—

— Une brune créole
Aux grands sourcils arqués, à l'œil brillant et noir.
Th. GAUTIER.

« Plus fraîche monte ma pensée
« Quand sur les eaux je suis porté ;
« Mon âme doucement bercée
« Croit conquérir la liberté.

« L'air est pur, la brise est légère ;
« Le soleil darde ses rayons ;
« Pour un instant quittons la terre,
« Amis, prenez vos avirons.

« Chantez le gai refrain d'usage
« Et de fleurs parez notre esquif ;
« Que le câble près du rivage
« Ne le retienne plus captif.

« Le flot que le flot précipite
« Disparaît à l'œil du rameur :
« Le plaisir passe encor plus vite,
« Plus vite passe le bonheur.

« Glisse sur les eaux, ma nacelle,
« Balance tes flancs gracieux,
« Prompte comme l'oiseau dont l'aile
« Fend l'air sous le dôme des Cieux.

« Reposez-vous. Que la gondole
« Suive le fleuve dans son cours :
« Je vais rêver à ma Créole,
« Je vais rêver à mes amours....

« Thécla, ma lyre et ma patrie,
« Voilà les noms chers à mon cœur;
« Ce sont mes amours, c'est ma vie,
« C'est l'espérance du bonheur.

« Oh! si debout dans ma nacelle
« Thécla s'abandonnait aux flots,
« Que son image serait belle,
« Plongeant dans le cristal des eaux!

« Figure d'ange est sa figure,
« Tout en elle est harmonieux;
« Longue et noire est sa chevelure;
« On lit son âme dans ses yeux.

« Ce n'est point la rose étalée
« Parmi ses sœurs, dans nos jardins,
« Mais c'est le lis de la vallée
« Qui cache ses brillants destins.

« Une suave mélodie
« Meurt sur les sables de ces bords....
« La cithare de mon amie
« N'a pas de plus touchants accords !

« Est-ce la douce voix des Anges
« Préludant aux concerts divins?
« L'homme entend-il donc les louanges
« Que célèbrent les Séraphins?

« Une ombre blanchit sur la rive....
« Une femme ! Elle chantait là :
« Et cette image fugitive,
« Oh ! merci, mon Dieu ! c'est Thécla!.. »

— Bouillant il quitta la nacelle,
Et vers l'ombre prit son essor ;
Mais le fleuve engloutit sa belle,
Et, quand il arriva près d'elle,
La vague tournoyait encor !

Mars 1842.

Ode

TRADUITE D'HORACE.

—

Solvitur acris hiems gratà vice veris et Favonî,
Trahuntque siccas machinæ carinas.

L. I. Ode IV.

Des rigueurs de l'hiver le printemps nous délivre,
La vague au sein des mers entraîne le vaisseau ;
Le pasteur plus heureux voit son troupeau le suivre,
Et Zéphyr se jouer dans les prés que le givre
　　　Ne couvre plus de son manteau.

Conduis les chœurs joyeux, ô reine de Cythère !
Déjà l'astre des nuits gravite dans les cieux :
Nymphes, Grâces, formez votre danse légère :
De ses forges Vulcain fait un brûlant cratère
　　　Aux cyclopes laborieux.

Aux myrtes amoureux arrachons leur feuillage
De fleurs au doux parfum parsemons nos cheveux ;
A Faune, dans un bois qui prodigue l'ombrage,
Immolons une chèvre, ou bien faisons hommage
    D'une brebis s'il l'aime mieux.

Aux portes des palais des maîtres de la terre
La mort, la pâle mort, fortuné Sestius,
Heurte d'un même pied qu'au seuil de la chaumière :
Ne chargeons pas de soins une vie éphémère,
    Que seront nos projets quand nous ne serons plus ?

Dans la nuit des enfers il te faudra descendre ;
C'est là que sont les morts ; c'est là que les destins
Font régner de Cérès l'impitoyable gendre :
Là, favori du sort, tu ne pourras prétendre
    A la royauté des festins.

· · · · · · · · · · · ·

Avril 1842.

VOIX DE CIMETIÈRE.

—

> Oh! si quelque chose pouvait jamais réveiller
> un mort, c'étaient de pareilles paroles murmurées
> par une pareille bouche.
>
> Alph. DE LAMARTINE.

Écoutez! — Oui, c'est l'heure où l'âme recueillie
Dans les ombres du soir aime à prendre l'essor ;
Tel, un céleste esprit, dont l'aile se déplie,
S'élance dans l'éther des sommets du Thabor.

Moi, je marche au hasard : de mes heures passées
Je réveille en mon cœur un amer souvenir ;
La brise au souffle pur raffraîchit mes pensées,
Alors je berce en moi des songes d'avenir.

Mais quel objet là-bas s'est offert à ma vue?
Est-ce une ombre qui fuit pour tromper le regard?
Jeune fille, du ciel êtes-vous descendue,
Et ne suis-je venu qu'à l'heure du départ?

Sur un luth sans accord sa tête s'est posée,
Sa main sur une tombe effeuille quelques fleurs;
Et les débris épars d'une image brisée
Reçoivent à la fois des roses et des pleurs.

Sur son beau front qui penche une douleur s'imprime,
Une de ces douleurs qu'on ne saurait calmer!
Si tu sais bien du cœur parler la langue intime,
Si tu souffres beaucoup, oh! laisse-moi t'aimer!

Voilà qu'elle soulève enfin ses yeux humides
      Vers le ciel étoilé,
Et tire de son luth des sons doux et timides....
      Silence! Elle a parlé :

« Dieu veut que nous aimions, son vouloir est sublime.
Quand, au premier des jours, sortant de son repos,
Le Grand-Être écarta les ombres du chaos,
Et que de ciel en ciel et d'abyme en abyme
Volèrent en vibrant ces mots : Que tout s'anime!
Il dit au monde : « Aux fleurs qui naissent le matin
« D'exhaler des parfums, d'aspirer la rosée;
« Au fleuve impétueux de hâter son destin
« En pressant vers les mers sa chute cadencée;

« Que la feuille tremblote au caprice des vents ;

« Que les gazons de fleurs se parent dans les champs ;

« Que suive le ruisseau sa pente vagabonde ;

« Que son murmure charme et fasse aimer son onde ;

« Et vous, torrents fougueux, grondez, roulez vos flots,

« Et que les eaux de l'air à vos eaux soient mêlées,

« Que votre bruit sauvage éveille les échos

« Et fasse frissonner le pâtre des vallées !

« — Mais, toi, souffle échappé de mon souffle, à moi, Dieu,

« De la voûte des Cieux parcelle détachée,

« Feu prêt à se confondre avec un autre feu,

« Au céleste foyer étincelle arrachée,

« Ame de l'homme, aimer d'amour, aimer d'ardeur,

« Aimer, aimer beaucoup, voilà ta destinée !

« L'âme par cette force à l'autre âme enchaînée

« Jamais n'épuisera la coupe du bonheur ! »

Ainsi dit Jéhovah ; mais souvent l'âme humaine

Eut les pleurs dans la joie et dans l'amour la peine.

« Échos, qui sommeillez dans ce triste séjour,

Debout ! portez aux Cieux mon dernier chant d'amour !

« La voix qui dit d'aïmer retentit dans mon âme ;

Elle y vibra longtemps, douce comme une flamme

Dégagée avec soin des autres feux impurs ;

Elle ne disait pas tous mes chagrins futurs !

Mais on me dédaignait ; j'étais une étrangère ;

Puis aussi, pour m'aimer je n'avais pas de mère,

Pas de mère! et pourtant je n'avais pas sept ans,
Et j'en voyais beaucoup, des mères! Aux enfants
Elles disaient : « Toujours soyez sages et bonnes,
« Vous aurez des bijoux, des colliers, des couronnes! »
De tous ces beaux riens là, j'en avais bien aussi,
Mais c'est que je voulais que l'on m'aimât ainsi!
Je voulais qu'une femme au foyer de famille
Me donnât une place en m'appelant sa fille !
Pour partager mes jeux je voulais une sœur,
Car j'avais, pour aimer, mon pauvre petit cœur....
Ce cœur, d'affections il était vide encore,
Et maintenant, mon Dieu! quel regret le dévore !

« Échos, qui sommeillez dans ce triste séjour,
Debout ! portez aux Cieux mon dernier chant d'amour !

« Quand on prie et qu'on aime, ô mon Dieu, tu consoles;
Car une oreille amie entendit mes paroles,
Et mes plaintes en vain ne s'exhalèrent pas ;
Un pied suivit sans bruit la trace de mes pas ;
Une angélique voix, mais si douce et si tendre
Que je ne sais quel charme attirait pour l'entendre,
Une angélique voix répondit à ma voix :
D'une bouche d'enfant, pour la première fois,
La lèvre blanche et rose effleura mon visage :
Eh ! que pouvais-je aux Cieux demander davantage?
Un cœur savait mon cœur! Du jour que l'on m'aima
Le flambeau d'espérance en moi se ralluma,

Et je sentis mon âme éperdue et joyeuse ,
Se répandre , bondir ! Oh ! j'étais bien heureuse....

« Échos , qui sommeillez dans ce triste séjour ,
Debout ! portez aux Cieux mon dernier chant d'amour !

» Riche de l'amitié d'une compagne aimée ,
Ma vie aurait été de roses parsemée.
Quand le nombreux essaim de nos folâtres sœurs
S'ébattait plus joyeux qu'un troupeau sans pasteurs ,
Et se livrait aux jeux qu'un vrai plaisir anime ,
A l'ombre des grands pins qui balançaient leur cime ,
Seules , nous prolongions nos secrets entretiens.
Ensemble confondus , ses cheveux et les miens
Se jouaient , caressés par le même zéphyre ,
Et j'avais deux amours : ma compagne et ma lyre !
Comme un vase rempli , lorsque mon jeune cœur
Épanchait tendrement dans le sein de ma sœur
Tout ce qu'il contenait d'amour et d'espérance ,
Lorsque nous repassions les jours de notre enfance ,
Toutes deux effeuillions des fleurs sur nos genoux
Et les fleurs nous faisaient rêver un nom d'époux !
C'est en moi qu'elle aimait à se perdre elle-même ;
En elle tout chantait , tout murmurait : Je t'aime !
Et puis , nous échangions des mots mystérieux ,
Et nos cœurs battaient fort , bien fort ; et de nos yeux
En gerbes jaillissaient de vives étincelles :
« A la sainte amitié nous resterons fidèles

« Quelque soit le calice où nous boirons nos jours ! »
Murmurait Georgina ; moi je disais : « Toujours !
« Oh ! toujours ! » Et ses mains flattaient ma chevelure,
Et ses bras caressants enlaçaient ma ceinture ;
Au cristal de ses yeux mes yeux se reflétaient,
Et, comme aux premiers jours, nos âmes remontaient,
Encens pur que la brise emportait sur ses ailes
Et qu'accueillaient les chants des harpes éternelles !

« Échos, qui sommeillez dans ce triste séjour,
Debout ! portez aux Cieux mon dernier chant d'amour !

« Un instant rend amer un objet de délice,
Un instant du bonheur renverse l'édifice.
Maintenant plus de main pour essuyer mes pleurs,
Personne pour tarir le flot de mes douleurs !
Je ne trouve plus d'âme où je lise mon âme,
Plus d'œil vif dont je puisse interpréter la flamme !
Quand vient l'heure du soir, je n'entends plus de voix
Murmurer un secret que l'on m'a dit cent fois,
Secret qui, sans aveu, pèse, brûle, dévore,
Qu'à sa fidèle amie on n'ose dire encore,
Que le cœur seul s'avoue et dont le front rougit
Comme si de faillir l'idée avait surgi !
Sourires d'amitié, paroles d'espérance,
J'ai tout perdu, Seigneur ! éternelle souffrance,
Dégoût de l'avenir et regrets du passé,
O Georgina, voilà ce que tu m'as laissé !

C'est l'héritage, enfant, qu'au sortir de la vie
Tu léguas pour toujours à ton unique amie !
De mes affections le flambeau s'est éteint ;
Passants, fuyez la route où mon pied s'est empreint ;
Si de l'âme où tout passe, où tout s'efface vite
M'abreuvent les douleurs, c'est que je suis maudite,
C'est que dès mon berceau, comme un cachet d'affront
Un stigmate infernal s'imprima sur mon front !
Rien, plus rien pour calmer le mal qui me consume !
Et j'irais de mes jours savourer l'amertume,
Quand du bel astre éteint dans mon ciel de seize ans
Je ne puis ranimer les rayons expirants !
Non ! près de Georgina que l'on m'ouvre une tombe ;
Lorsque l'âme est brisée et part, le corps succombe.
Attends-moi, Georgina ! le fer du fossoyeur
Va creuser près de toi le lit de ma douleur !
Nous serons, quand la mort aura couché deux proies,
Heureuses comme aux jours de nos premières joies !

« Échos, qui sommeillez dans la tribu des morts,
Debout ! répétez tous ma plainte sur ces bords !

« De joie en joie, hélas ! jusqu'au fond de l'abyme
Où tombe des humains la cascade sublime,
De plaisir en plaisir jusqu'au pied de l'écueil
Où viennent se briser les vagues de l'orgueil,
De parure en parure aux plis d'un blanc suaire,
Tissu d'un lin baigné par les pleurs de sa mère,

Elle a roulé! Quel souffle a donc pu te ternir,
Fleur, qui, brillante hier, n'est plus qu'un souvenir?
Te voilà donc ainsi que le trépas t'a faite!
Mes lèvres ont touché ta lèvre violette,
J'ai respiré souvent l'air que tu respirais,
Que n'ai-je pu mourir alors que tu mourais?
Quand tu vis que la borne allait être passée,
Seule dans le chemin pourquoi m'as-tu laissée?
— Chaque jour la voyait plus ravissante encor,
Mais les cieux à la terre enviaient ce trésor :
« J'abrège ton exil, reviens dans ta patrie,
Commanda le Seigneur. Elle exhala sa vie,
Comparut devant Dieu qui compte les élus
Et le ciel enrichi voit un ange de plus!
O Dieu de Georgina, que mon amour obtienne
De renouer en toi mon âme avec la sienne.

« Échos, qui sommeillez dans la tribu des morts,
Debout! répétez tous ma plainte sur ces bords!

« Si vite elle a passé? moins prompte est l'hirondelle
Qui porte à ses petits la pâture nouvelle,
Moins rapide en automne est la feuille qui fuit
Quand le vent dans les airs la chasse et la poursuit!
Comment elle a passé? comme l'eau fugitive
Qui sort, coule, murmure, erre et quitte la rive,
Comme un flot qui tournoie et se perd dans les flots,
Comme un écho qui meurt parmi d'autres échos,

Comme un nuage errant qu'un nuage dérobe,
Ou qui s'évanouit aux premiers feux de l'aube !
Zéphyres carressants qui descendez des Cieux,
Mystérieuses voix d'un monde harmonieux,
Bruits qui sortez du sein des demeures funèbres,
Clartés dont la lueur divise les ténèbres,
Ombres qui voltigez et dansez tout-à-tour,
Murmures tout pareils aux murmures d'amour,
Soupirs qui ressemblez à des soupirs de femme,
Dites, oh ! dites-moi, n'êtes-vous point son âme ?
Dans tout ce que je vois, dans tout ce que j'entends,
Dans la voix de l'oiseau qui gazouille ses chants,
Dans le vent qui gémit, dans l'onde qui ruisselle
Je ne vois, je n'écoute et je ne comprends qu'elle !
Et je l'appelle alors de son nom adoré,
Mais je l'appelle en vain ; à mon œil égaré
Le prestige s'efface, et je sens mes souffrances
Se réveiller au sein des lugubres silences !
Mais puisque Georgina s'endormant dans son Dieu
Me fit dès son matin l'irrévocable adieu ;
Puisque de l'être aimé le regard seul inspire,
Muse, cesse tes chants ; et brise-toi, ma lyre !

« Vous avez répété ma plainte sur ces bords,
Échos, rendormez-vous dans la tribu des morts ! »

Et l'écho s'endormit. — Sur la fosse nouvelle
Une feuille tremblante et fragile comme elle

Vint tomber à ses pieds ;
La vierge tressaillit ; elle baisa la pierre,
Puis disparut dans l'ombre à travers les cyprès,
Quand elle eut soupiré quelques mots de prière.

Mais sa voix déchirante avait brisé mon cœur,
Et ses chants dans mon âme avaient de leur douleur
  A grands flots versé l'amertume !
Je volai pour la suivre, et je ne la vis pas,
  Car d'un épais manteau de brume
  La nuit enveloppait ses pas !

Il est donc ici-bas une amère souffrance
Que la mort seule a faite et seule peut guérir ;
Il est donc des amis pour qui meurt l'espérance
  Quand leur ami vient à mourir !

Avril 1842.

DIX-HUITIÈME ANNÉE.

L'âme en songe de gloire ou d'amour se consume.
Victor HUGO.

Je me raconte à moi-même la plus charmante
histoire du monde.
DIDEROT.

MAI.

—

When rising spring adorns the mead
A charming scene of nature is display'd.

DRYDEN.

Moys amoureux, moys vestu de verdure.

Cl. MAROT.

Sur une rose,
Dans le vallon,
Lorsque se pose
Le papillon,
Et que le vent
Caresse l'aile
De l'hirondelle
Au cou d'argent ;

Lorsque la plante,
Où brille encor
D'une eau tremblante
La perle d'or,
Va caresser
La jeune branche
Qui soudain penche
Pour l'embrasser ;

Quand l'œil se noie
Aux feux du jour,
Tout n'est que joie,
Tout n'est qu'amour ;
De fleur en fleur
L'âme voltige,
Et le prestige
Fait le bonheur !

13 Mai 1842.

LA PRIÈRE A BORD.

—

Le nautonier fidèle
Adorant à genoux la puissance éternelle,
Dès que l'astre du jour a brillé dans les airs,
Adresse l'hymne saint au Dieu de l'univers.

ESMÉNARD.

Du baume saint de tes paroles
Les parfums remplissent nos cœurs ;
Quand nous souffrons tu nous consoles ;
Et tu promets à nos douleurs
L'azur des célestes couronnes ,
La lumière dont tu rayonnes
Et la douceur de ton repos ;
Seigneur , Seigneur , entends la voix des matelots !

Il est un verbe tout de flamme
Que tu parlais dans le buisson ,
Langage sublime dont l'âme
Peut seule retrouver un son ;

Sans les feux brûlants du génie,
Sans les secours de l'harmonie,
J'ose balbutier ces mots :
Seigneur, Seigneur, entends la voix des matelots !

Mais j'attends avec confiance
La belle aurore de ton jour,
Mais j'ai dans l'âme l'espérance
Et dans le cœur beaucoup d'amour !
Mais je veux que ton règne arrive,
Je veux que d'une foi plus vive
Se rallument les saints flambeaux,
Seigneur, Seigneur, entends la voix des matelots !

Lorsque les inconstantes cimes
De la blanche vague des mers
Nous portent du fond des abymes
Jusque dans les Cieux entr'ouverts ;
Quand les aquilons en furie
Dont tu menaces notre vie
Soufflent sur la plaine des eaux,
Seigneur, Seigneur, entends la voix des matelots !

Lorsque, de nuage en nuage,
Déchirant le voile des Cieux,
Ta foudre vole avec l'orage
Comme un ordre mystérieux,
Et quand, pour servir ta colère,
L'abyme, à ton geste sévère,

Contre nous revomit ses flots ,
Seigneur , Seigneur , entends la voix des matelots !

Si j'exhale bientôt ma vie ,
Mon corps , triste jouet des vents ,
Flottera loin de la patrie ,
Disputé par deux éléments ;
Dis à la vague fugitive
De rendre à ma natale rive
Ce peu de chair et ce peu d'os ;
Seigneur , Seigneur , entends la voix des matelots !

Et toi qui fais enfler nos voiles
Quand les vents s'endorment la nuit ,
Qui , dans l'absence des étoiles ,
Es le seul astre qui nous luit ;
Toi dont nous révérons l'image ,
Dont le nom dissipe l'orage ,
Toi qui diriges les vaisseaux ,
Vierge Marie , entends la voix des matelots !

Juin 1842.

A Monsieur J.....,

QUI M'AVAIT DEMANDÉ DES VERS AUTOGRAPHES.

—

> Ma muse n'a point d'avenir.
> Ch. NODIER.

A peine dans les Cieux si mon étoile brille ;
Dix-sept ans , point de gloire , une obscure famille ,
C'est mon lot. Et tu veux un vers qui soit tracé
Par moi dont le chant meurt dès l'instant qu'il commence,
Dont un doute cruel a flétri l'espérance,
Dont la vie et le nom auront bientôt passé ?
A quoi bon ? dès demain tu l'auras effacé !

Juin 1842.

UN SOUPIR

Sous un balcon espagnol.

—

.... Il n'est au monde où nous sommes
Rien d'immortel que les soupirs.
Jules DE TOURNEFORT.

« J'ai vu l'onde se perdre en baignant les vallées,
     J'ai vu la feuille se flétrir,
Les feux errants tomber des plaines étoilées,
Et j'ai dit, en songeant aux heures écoulées :
     Je veux aussi mourir !

« Chaque jour a détruit un rêve de ma vie
     En satisfaisant un désir ;
L'heure a fait redouter l'heure qui l'a suivie ;
Du calice à pleins bords, hélas ! je bois la lie ;
     Aussi, je veux mourir !

« De mes jours révolus qu'un instant décolore
        Je n'ai pas un doux souvenir ;
La douleur a brisé mon âme dès l'aurore ;
Le soir ne me promet que des douleurs encore ;
        Pourquoi ne pas mourir ?

« Trop chère Carletta dont je voulais voir l'âme
        Dans mon âme se réfléchir,
O toi qui m'as appris qu'un seul regard de femme
Fait palpiter le cœur, embrâse de sa flamme,
        Fascine et fait mourir !

« Eh ! quoi ! Tu ne veux pas que mon âme s'enivre
        Du seul bonheur de te chérir ?
Va ! mes chants désormais n'iront plus te poursuivre :
Pour toi, sans tes dédains, d'amour j'aurais pu vivre,
        D'amour je vais mourir !

« Laisse-moi voir encore une fois, jeune fille,
        La main du pauvre te bénir !
Que je touche les bords de ta noire mantille,
Et je vais, éteignant l'espoir d'une famille,
        Commencer à mourir !

« Je vais.... mais de quel ange ai-je entrevu l'image ?
Carletta recueillait mon douloureux soupir!...
Elle sourit : des pleurs ont baigné son visage!
Son âme a murmuré : je serai ton partage....
Oh! si je suis aimé, je ne veux plus mourir ! »

LA MAISON DE JEANNE D'ARC.

—

Sous un rustique toìt Dieu cacha mon berceau
Non loin de Vaucouleurs. Quelques prés, un troupeau
Des auteurs de mes jours composaient la richesse.

D'AVRIGNY.

UN ANGLAIS.

Arrêtons-nous au pied de ce large platane ,
Villageois, et dis-moi quelle est cette cabane
Que parent les festons d'un lierre entrelacé ,
Là , près de ce grand pin par les vents balancé ?
On croit voir sur ce toìt l'aile du temps qui plane.

GIRARDIN.

En effet , sur ces murs cinq cents ans ont passé,
En moins de temps souvent un souvenir se fane.

L'ANGLAIS.

Et le chaume vieilli de ce toit délabré,
Pendant les nuits d'hiver abrite l'indigence?

GIRARDIN.

Il est vrai, voyageur, mais ce chaume est sacré :
Sachez qu'il protégea la gloire de la France.

L'ANGLAIS.

Sais-tu bien, paysan, qu'insinuer l'erreur
Est un moyen si vil que l'honneur le condamne?

GIRARDIN.

Oui, mais je sais aussi qu'à l'ombre du Seigneur,
Dans cet humble réduit naquit et grandit Jeanne.

L'ANGLAIS.

Celle dont la valeur en de sanglants combats
Fit tant de fois rougir le front de nos soldats?

GIRARDIN.

La Vierge qui d'en haut recevant la puissance
Voulut rendre aux Anglais de plus dignes rivaux,
Qui, pour équilibrer l'inégale balance,
Jeta son glaive nu dans l'un des deux plateaux ;
Cet ange dont la main posait un diadème,
Jeanne d'Arc! Ce nom là vaut tout un long poème!

L'ANGLAIS.

Ces champs ombreux sont donc les champs de Vaucouleurs?

GIRARDIN.

C'est là qu'à son troupeau l'innocente bergère
Faisait paître un gazon qu'elle arrosait de pleurs.

L'ANGLAIS.

Dis-moi, qui, maintenant, possède la chaumière,
Ce monument de gloire où le génie est roi?

GIRARDIN.

La gloire est à la France, et la chaumière à moi!

L'ANGLAIS.

Et c'est là tout ton bien?

GIRARDIN.

        Je n'en eus jamais d'autre.
En quoi peut ma fortune intéresser la vôtre?

L'ANGLAIS.

Ecoute : Je suis riche et tu peux l'être aussi.
Ton sort est malheureux; pour qu'il soit adouci,
Change contre un trésor cette pauvre cabane.

GIRARDIN.

Qui? moi? moi! La chaumière où jadis naquit Jeanne?
Que je la vende? Oh! non!

L'ANGLAIS.

        Mille écus sont à toi.

GIRARDIN.

Je ne la vendrais pas pour le palais d'un roi!

L'ANGLAIS.

Eh bien, si tu le veux, je vais tripler la somme....

GIRARDIN.

Je suis vieux, que pourrais-je en faire ?

L'ANGLAIS.

       — Diable d'homme ! —

Le repos est bien doux, surtout pour un vieillard.

Ami, pour être heureux il n'est jamais trop tard.

Et que te reste-t-il sans mon or ? La misère !

GIRARDIN.

La sueur de mon front a fécondé la terre.

Si d'ailleurs à prix d'or j'achetais mon repos,

Un digne descendant de ces nobles héros

Qui, fiers de ses douleurs, consolés par ses larmes,

Triomphèrent si bien d'une vierge sans armes,

Ne peut-il pas venir rallumer leur flambeau

Pour embrâser ce toît qui couvrit son berceau ?

L'ANGLAIS.

Le temps le détruira.

GIRARDIN.

       Qu'importe à sa mémoire ?

Le temps use la pierre et n'use pas sa gloire.

N'invoquerions-nous pas la voix de vingt cités

Qui virent les Anglais s'enfuir épouvantés,

Alors qu'elle frappa leur nombreuse phalange
De son glaive pareil au glaive de l'Archange,
Que, fixant la victoire aux flancs de son coursier,
Elle ranima seule un peuple tout entier,
Et que des étrangers, que son grand nom domine,
L'un vit en elle un ange et l'autre une héroïne ?
— Dès que le frein fut mis à l'orgueil d'Albion,
La vierge eût accompli sa sainte mission ;
Mais ils tremblaient encor devant une bergère
Ces anglais qu'elle avait couchés dans la poussière !
Faisant sur un bûcher flotter leur étendard
Et mesurant leur joie aux pleurs de la victime,
Ils l'ont assassinée.... Et quel était son crime ?
Elle avait foudroyé l'antique léopard.
Ah ! que leur nom maudit soit un nom d'infamie !

L'ANGLAIS.

Arrête, Villageois ; Londres est ma patrie.....

GIRARDIN.

Votre patrie ! à vous ? Et vous croyez encor
Que je vous donnerai sa maison pour de l'or ?
Eh ! si tu convoitais ce modeste héritage,
C'était sans doute encor pour prodiguer l'outrage
Au nom de Jeanne d'Arc que vous avez maudit,
Vous dont l'âme est de boue et le cœur de granit ?
— Jeanne ! Jeanne ! Du Christ ô fille bien-aimée,
Toi dont l'âme à travers un voile de fumée

4

S'envola transparente au palais de l'azur,
Comme de l'encensoir s'exhale un parfum pur,
Ne crains pas que je livre, ô sainte jeune fille,
Cette pauvre maison, trésor de ta famille!
Elle réveille en moi de trop beaux souvenirs!
Et d'ailleurs, plus ardents remontent mes soupirs
Vers le Dieu tout puissant que tu vois à chaque heure,
Quand, sur ce banc grossier qui meuble ta demeure,
Je reviens pour prier m'agenouiller le soir;
Sur ce bois précieux ne vins-tu pas t'asseoir?
— Vous, étranger, cessez de tenter ma misère;
Parlez à vos Anglais de cette humble chaumière;
Dites qu'avec de l'or on ne peut l'obtenir;
Où Jeanne commença Girardin veut finir.

＊＊＊

Girardin regagna sa cabane chérie,
Et quelques jours après l'étoile de l'honneur
De tous ses plus beaux feux rayonnait sur son cœur,
Sur ce cœur plein d'amour pour Jeanne et la patrie.

Juin 1842.

STELLA.

—

Incontinent que je te vi venue
Tu me semblas le cler soleil des Cieux.

MAROT.

L'amante du Poète, image fantastique,
.   .   .   .
Céleste illusion qu'on n'a jamais saisie.

MÉRY.

Moi, je l'ai vue aussi, la fleur de notre ville,
Dont le parfum s'exhale au milieu des poisons !
Charmante violette, ô simple jeune fille,
A ma lyre endormie inspire quelques sons !

Dans mon cœur tout froissé si ton cœur pouvait lire !
Deux noms y sont gravés en symbole de feu,
Noms que souille la voix, que le cœur seul peut dire,
Noms qui brûlent, enfant : l'un est Toi, l'autre Dieu !

Cesse de t'éloigner, ô femme fugitive !
Ne vole pas plus loin, j'ai besoin d'admirer !
Sur les dalles du temple où l'âme se ravive
Viens, oh ! viens avec moi, j'ai besoin d'adorer !

Devant le saint des saints, assis dans la poussière,
Nous lui demanderons l'absence des douleurs,
Un rayon isolé du foyer de lumière,
La douce paix de l'âme et l'union des cœurs !

Nous lui dirons : « Seigneur, nous sommes ton ouvrage ;
« Tu peux de notre vie interrompre le cours ;
« Qu'en nos âmes jamais ne meure ton image !
« Que ton esprit, mon Dieu, nous conduise toujours !

« Que nos âmes bientôt ne fassent plus qu'une âme,
« Comme deux feux mêlés ne font plus qu'un seul feu ;
« Des jours de l'un de nous quand tu rompras la trame,
« Adoucis l'amertume à l'heure de l'adieu !

« Seigneur, si notre amour est pour toi sans offense,
« Au creuset des douleurs si tu l'as épuré,
« Et devant tes autels si notre cœur balance
« La prière embaumée et l'encens consacré ;

« Ne nous condamne pas à vider le calice
« Où nous buvons la vie, un jour après un jour ;
« Qu'au terme d'un soleil notre sort s'accomplisse,
« Mais que ce jour de vie, ô Dieu, soit tout amour ! »

Et du haut de ses Cieux accueillant la prière,
Et voyant sur nos fronts la poudre des parvis,
Dieu se ressouviendra de l'humaine misère,
Et les chœurs chanteront : les hommes sont ses fils !

Unissant nos deux voix, unissant nos deux âmes,
O Stella, c'est ainsi qu'ensemble nous prierons ;
Par là de notre amour entretenant les flammes,
O Stella, c'est ainsi que nous nous aimerons !

✱

Le seul bien qui me reste est la mélancolie ;
Mes fleurs sont sans éclat et mes fruits sans saveur ;
Etre que j'ai rêvé, si tu veux que ma vie
Ne soit plus sans amour, sans joie et sans couleur ;

A la félicité si tu veux que j'aspire,
Si tu veux relever mon esprit abattu,
Un, un seul de ces biens vers lesquels je soupire,
Ange, accorde-le moi ; mais ces biens, les sais-tu ?

Un éclair jaillissant de ta prunelle noire,
Un cheveu détaché que m'apporte le vent,
Un regret, un soupir auquel je puisse croire,
Qui de mes tristes jours enchante un seul moment !

Une douce parole à mon âme trompée,
Un mot qui de ton front colore la pâleur,
Et des sons de ta lyre une note échappée
Qui me fasse revivre en résonnant : bonheur !

✳

Tu ne le sais pas, toi! Lorsque ta voix soupire,
Que, pareille à l'oiseau, tu modules des chants,
Et que ton cœur s'émeut, ton cœur est une lyre
Dont personne ici-bas n'a compris les accents!

Personne! excepté moi; moi, qui suivis ta voile,
Errant sur cette mer où mon œil attristé
Te voyait naviguer sans guide et sans étoile
Vers le phare lointain de l'immortalité!

Personne! excepté moi; moi, que ta voix chérie
A fait quelquefois croire au bonheur tant rêvé,
Qui mourrais de ta mort, et qui vis de ta vie,
Qui chante, et de douleurs suis pourtant abreuvé!

✳

Et que chantè-je? un nom! une voix inconnue
Parmi les vents d'automne un soir le prononça;
Une ombre, au même instant, glissa devant ma vue;
Je voulus la saisir, mais l'ombre s'effaça!

Ce nom était plus doux que tous les noms de femme,
Et moi, je tressaillis en l'entendant nommer;
C'était comme un parfum descendu dans mon âme
Pour la faire meilleure et plus digne d'aimer!

Pour exalter ce nom, j'aurais voulu la lyre
Des esprits qui, peuplant le monde aérien,
Charment de leurs concerts leur séjour de porphyre;
Car ce nom que j'aimais, Stella, c'était le tien!

✦

Lorsque je vis qu'en toi tout était poésie
Je sentis à flots purs m'inonder le bonheur ;
Je retrempai ma lèvre au calice de vie ,
Et je dis à mon âme : Ame , voici ta sœur !

Et puis je vis tes yeux briller comme la flamme ,
Et ton cou velouté se pencher comme un lys ,
Et tes brûlants soupirs , secrètes voix de l'âme ,
Vers l'azur s'envoler des pieds d'un crucifix ;

Et je vis sur ton front l'ombre d'un diadème
Dont l'éclat transparent reflétait d'anciens jours:
Oh ! ce cœur est trop pur pour qu'un cœur humain l'aime
Me dis-je ; et dans mon cœur j'étouffai mes amours.

✦

Puis, je vis de tes cils l'arc arrondi descendre
Et dérober aux miens l'azur de tes beaux yeux ,
Comme un nuage errant dont les plis vont s'étendre
Et voiler aux mortels la lumière des Cieux.

Et je pensais , voyant l'angélique figure
Fraîche comme la fleur qu'un souffle fait ouvrir :
Quand le corps est si beau ; lorsque l'âme est si pure
Et qu'on est tout amour , est-ce qu'on doit mourir ?

Et puis , cherchant en moi de ces douces pensées ,
Baume de l'amertume , et qu'on apporte en soi ,
Je songeais que les Cieux , demeures irisées ,
Sans doute sont peuplés d'êtres pareils à toi.

Stella, si tu n'étais qu'une fille de femme,
Si d'un lait maternel ton enfance eût goûté,
Mon âme, libre alors, pourrait aimer ton âme,
Et briller des rayons de ta douce clarté !

Mais hélas ! vierge, ô fleur que d'un parfum céleste
Dieu pour un autre Eden a pris soin de former,
De tes yeux sur les cœurs l'influence est funeste,
— Et cependant mon cœur s'entr'ouvre pour t'aimer !

✱

Qu'est-ce qu'aimer ? dis-tu. — Depuis la première heure
S'attacher comme un lierre au cœur qu'on a choisi,
Chérir ce qu'il chérit, et pleurer ce qu'il pleure,
S'il ressent la douleur, la ressentir aussi.

Et, par l'âme toujours, s'élancer vers cet être
En qui l'être se perd ou va se résumer,
Le voir par la pensée à chaque instant paraître....
Jeune fille, voilà ce qu'on appelle aimer !

✱

Mais l'Ange, lui, malheur au fils d'homme qui l'aime !
Et toi, si ton berceau fut l'éternel séjour,
Si ton nom contre moi provoque l'anathème,
Si ton cœur d'ange, hélas ! ne comprend qu'un amour !

Et si tu descendis de ta céleste sphère
Qui t'a fait déserter ton poste glorieux ?
La terre est de limon, que fais-tu sur la terre ?
Reçois-moi sous ton aile et retournons aux Cieux !

L'ADIEU DU MAURE.

—

C'est un soleil couché que vous devez revoir.
Alph. LEFLAGUAIS.

Pourquoi gémir, ma tourterelle ?
Pourquoi ces pleurs dans tes beaux yeux ?
Si le grand Allah me rappelle,
Au Ciel nous nous aimerons mieux.
Dans mon éclatante demeure
Une place sera pour toi,
Et, quand viendra ta dernière heure,
Ton âme montera vers moi.

Adieu, maîtresse favorite :
Adieu, survis-moi sans douleur,
Et, si ton jeune époux te quitte,
Ne sèche pas comme une fleur.
Mais, ô beauté choisie, espère
En l'aurore d'un plus beau jour ;
Nourris ton âme de prière,
Et souviens-toi de notre amour !

Puis, chaque soir, dans la mosquée,
Va prononcer mon nom sept fois,
Tu verras mon âme évoquée
Voler vers l'âme de mon choix.
Sans toi que seraient les délices
Que le Prophète nous promet ?
Les plaisirs seraient des supplices.
Adieu, fille de Mahomet !

Septembre 1842.

A la petite Marie.

—

Les oiseaux rassemblés répétaient ses cantiques.
LE CORAN.

Vous qui vivez encore à l'ombre d'un berceau,
Et qui, frêle, ployez comme un frêle roseau
    Dont un souffle courbe la tige :
Vous qui ne cultivez que les fleurs du printemps,
Vous qu'un rien bien souvent fait heureuse long-temps,
    Et qu'un rien quelquefois afflige ;

Vous qui croyez encor tout ce que l'on vous dit,
Qui vous plaisez à voir dans un grand livre écrit
    Des anges avec leurs couronnes ;
Vous qui, quoique petite, et bien petite hélas !
Voulez pourtant savoir ce que ne savent pas
    De tout-à-fait grandes personnes ;

En entendant les chants mélodieux et doux
D'oiseaux comme vous gais , et jeunes comme vous ,
     Vous répondez à leur langage ;
Et la voix de l'enfant , et la voix des oiseaux ,
Chantant avec le vent , les feuilles et les eaux
     Gazouillent un commun ramage ;

Et vous me demandez ce que disent entr'eux
Ces groupes nuancés de chantres gracieux
     Qui voltigent dans la campagne ,
Quels mots laisse tomber l'hirondelle en volant ,
Et pourquoi le ramier roucoule en tressaillant
     Auprès de sa blanche compagne ?

Venez donc vous asseoir sur ce banc de gazon.
—Dites-moi , voyez-vous là-bas , à l'horizon ,
     Telle qu'une fée inconnue
Qui jette sur sa tête un voile de vapeur
Et se montre aux enfants pour leur faire bien peur ,
     Voyez-vous glisser une nue ?

Il est placé si haut , ce nuage argenté ,
Que le char du soleil en passant l'a heurté ,
     Et l'a parsemé d'étincelles ;
Il est placé si haut que , s'il avait des yeux ,
Peut-être verrait-il les anges dans les Cieux
     Jouer en agitant leurs ailes !

Au-dessus du séjour des nuages vermeils,
Et plus loin que la route où courent les soleils
    Est le Dieu que les oiseaux chantent !
C'est vers lui que sans cesse ils élèvent la voix :
Sa main les a semés dans les champs et les bois
    Pour que leurs doux concerts le vantent !

Et, quoiqu'il soit toujours sans crainte et sans espoir,
L'oiseau fait en chantant sa prière du soir,
    Comme vous, gentille Marie :
Et dès qu'il voit blanchir l'aube du lendemain,
Il module avec joie un hymne du matin,
    Et Dieu nourrit l'oiseau qui prie.

L'hirondelle au Seigneur demande un vermisseau,
Le rossignol un peu de l'onde du ruisseau,
    La fauvette un lit de bruyère,
Le ramier amoureux demande le printemps,
La timide alouette une graine des champs,
    L'aiglon réclame la lumière !

Et si Dieu les écoute, il vous écoutera.
Demandez à son fils tout ce qu'il vous plaira,
    Sa bonté pour tous est extrême !
Oh ! priez : Si jamais votre bouche ne ment,
Il vous comprendra bien ; il aime l'innocent,
    Car il fut un enfant lui-même !

Devant la croix d'ivoire où ses pieds ont des trous,
Enfant, quand vous aurez posé vos deux genoux,
　　Dites-lui pour toute prière :
« Des anges de vos cieux donnez-moi la douceur ;
« Rendez-moi sage et bonne ; aimez-moi, bon Seigneur,
　　« Autant que je chéris ma mère ! »

2 Novembre 1842.

A UNE JEUNE ESPÉRÉE.

—

Je l'aime, tout est là.
Émile DESCHAMPS.

Lorsque rien ne mûrit
Dans l'âme du poète,
Quand son espoir périt,
Quand sa lyre est muette,
Il ne trouve en son cœur
Qu'amertume et douleur.

D'un renom éphémère
Quand l'homme fait son dieu,
Qu'il aspire au ciel bleu
Et qu'il rase la terre,
Il ne trouve en son cœur
Qu'amertume et douleur.

Mais quand un œil de femme
Est du sien le miroir,
Celui qu'un doux espoir
Porte vers une autre âme
Sent naître dans son cœur
L'amour et le bonheur.

Au poète la lyre,
A la fleur le zéphyre,
Au matin la fraîcheur,
A l'aigle la montagne,
Mais à nous, ma compagne,
L'amour et le bonheur !

Novembre 1842.

Épitaphe d'une Enfant.

—

Nous nous réunirons pour ne nous plus quitter.
                    Th. CARLIER.

Les doux rayons de l'espérance
Resplendissaient sur son berceau ;
L'amour entourait son enfance ;
Mais quelques heures de souffrance
Ont brisé ce faible roseau.

Que de larmes furent versées
Quand sa jeune âme s'envola,
Et que de douleurs entassées !
Car joie, amour, douces pensées,
Tout est venu s'éteindre là !

C'était un ange sur la terre,
Maintenant c'est un ange encor ;
Mais, ô passants, plaignez sa mère,
Car la douleur est bien amère
Pour celle dont l'enfant est mort !

5

LARMES.

—

I.

Dans mes jours sans clartés que de larmes amères
Ont tombé de mes yeux sur mon cœur déchiré !
Dans mes nuits sans sommeil où mes lourdes paupières
Se fermaient vainement, mon Dieu ! que j'ai pleuré !

Alors de jeunes fous pour qui rien n'était doute,
Poursuivant leur chemin sans demander la route,
Et suivant, enivrés, la pente des plaisirs,
M'ont dit, en émoussant tous leurs traits d'ironie :
« O poète insensé, que fais-tu de ta vie ?
« Pourquoi parler toujours la langue des soupirs ?

« Vois donc : tout resplendit, tout rit dans la nature !

« Toi seul, tu fais entendre un lugubre murmure,

« Tu gémissais enfant et tu gémis encor ;

« Pourquoi ? puisqu'au bonheur l'univers nous convie ?

« Vois, le soleil rayonne et disperse la vie

    « En agitant ses cheveux d'or !

« Des voix chantent partout ! Tout est plaisir et joie !

« C'est un cri de plaisir que l'écho nous envoie,

« C'est un hymne d'amour que chantent les oiseaux !

« Sous l'herbe, c'est un chant que l'insecte bourdonne !

« Des voix chantent partout ! dans le flot qui bouillonne

« Et dans le vent qui parle en ployant les roseaux !

« Les feuilles, quand chacune aspire un souffle et tremble,

« Se content leur histoire et chuchottent ensemble ;

« Les grands arbres aussi conversent dans les bois.

« Dans chaque être la joie accompagne la vie ;

« A ce tout qui compose une immense harmonie

    « Il ne manque plus que ta voix !

« Attache sur ta lyre une corde sonore ;

« Ne chante plus le soir ; tu n'es qu'à ton aurore.

« Ne va plus écarter les herbes des tombeaux

« Pour lire un nom de femme écrit sur quelque pierre.

« Au vent de la douleur, ainsi qu'une poussière,

« Ne jette pas tes jours, tu peux les faire beaux !

« Laisse l'enfant qui joue et le viellard qui gronde.

« Prends place dans nos rangs pour que l'amour t'inonde

« De véritables biens, d'indicibles bonheurs!

« Viens cueillir des baisers sur des lèvres de rose,

« Et, trouvant le plaisir au fond de chaque chose,

« Par un peu de fumée engourdir tes douleurs!

« Nous avons des festins, des concerts et des danses

« Où le cœur boit l'amour et l'oubli des souffrances,

« Où brûlent des parfums plus purs qu'un pur encens,

« Où feux étincelants, quadrilles qui tournoient,

« Murmures embaumés, beautés qui nous coudoient,

  « Tout met la flamme dans les sens!

 « C'est de l'ivresse, ami, que naît la poésie!

« Pour enivrer les sens nous avons l'ambroisie

« Et puis la volupté pour enivrer les cœurs;

« Nous offrons une coupe à des lèvres de femmes,

« Et l'ivresse des corps, et l'ivresse des âmes

« Nous font chanter la vie, et la joie, et les fleurs!

« Et tous nos chants sont beaux. Sais-tu qui les inspire?

« C'est un tendre regard, un gracieux sourire,

« C'est un baiser ravi quand la lampe s'éteint!

« Et nous sommes heureux, et la vie est légère,

« Et le plaisir que voile un amoureux mystère

  « Fait toucher le soir au matin!

« Ainsi nous effeuillons des roses sur nos têtes !

« Nos jours sont des sommeils et nos nuits sont des fêtes !

« Nous épuisons la vie et nous goûtons de tout !

« Viens avec nous, Poète, et ris avec la foule.

« Sois heureux : le regret suit le bonheur qu'on foule.

« Hâte-toi : l'heure est courte et la mort est au bout ! »

II.

Moi qui d'un fiel amer ne salis point mon âme,

Moi qui n'ai que l'amour ou la pitié pour tous,

Je pensai : Dans ces cœurs Dieu n'a pas mis de flamme,

Et ma tremblante voix dit à ces jeunes fous :

« — Oui, tout rit ; oui, tout aime ; oui, la nature est belle !

Oui, la vie a pour l'homme une douceur nouvelle

Quand le soleil répand d'enivrantes clartés ;

Oui, la voûte étoilée est une coupe immense,

Une coupe d'amour d'où sur chaque existence

     Coulent des flots de voluptés !

« Mais le ciel est un livre où vous ne sauriez lire ;

Le soleil, un fanal que vous regardez luire

Comme un lustre doré qu'on attache au plafond ;

Le monde est un vaisseau dont vous voyez la poupe,

Et c'est tout : la nature est pour vous une coupe

Dont vous touchez les bords sans mesurer le fond !

« — Oui, oui, tout est joyeux! La cascade s'anime
Et jette des concerts en tombant dans l'abyme ;
Le ciel ceint son écharpe, étale sa splendeur,
Et devient un miroir où la terre se mire ;
Sur les lèvres des fleurs je trouve le sourire,
    Mais j'ai des larmes dans le cœur !

« La douleur m'enveloppe ainsi qu'un long suaire ;
Mon âme pleine d'ombre est comme un sanctuaire
Où les contentements ne peuvent pénétrer ;
J'ai des pleurs dans la voix, des pleurs dans la pensée,
Et j'en aurai toujours, que dans la traversée
Ma barque cingle droit ou qu'elle aille sombrer !

« J'ai des tourments dans l'âme, et vous voulez que j'aille
Me ranger parmi vous, quand vous livrez bataille
Aux sentiments qui m'ont consolé tant de fois?
Vous voulez à vos dieux prostituer ma lyre?
Mêler un hymne saint à vos éclats de rire,
    A vos clameurs unir ma voix?

« Que je jette sur moi la poudre de l'orgie,
Que de vos fêtes j'aille éveiller la magie,
Que je profane ainsi le silence des nuits?
Pour trouver le remords dans vos fades délices,
L'ombre dans vos clartés, le fiel dans vos calices,
Pour voir en un instant tous mes rêves détruits?

« Non , non , gardez pour vous les plaisirs et les fêtes !

A vous serrer la main mes mains ne sont pas prêtes ;

Mon avenir trop tôt serait désenchanté !

Gardez tout ! A vous seuls les caresses profanes

Que prodiguent le soir d'impures courtisanes,

    A vous seuls la satiété !

« Seuls ignorez l'amour des beautés idéales,

Rejetez le parfum de ces fleurs virginales,

Amantes du zéphyr, que le vent briserait !

Des prestiges de l'art entourez seuls vos reines,

Et qu'un poison brûlant s'infiltre dans vos veines,

Car votre illusion bientôt s'envolerait !

« Pour moi, je veux une âme aux douceurs de colombe ,

Pour enchanter ma vie et gémir sur ma tombe !

Si pour elle je suis l'unique bien-aimé ,

Je veux de son nom seul emplir toute mon âme !

Assez d'amour se cache au fond d'un cœur de femme

    Pour qu'un homme en soit parfumé !

« Je veux qu'en la voyant on dise : Elle est bien belle !

Je veux brûler mon être aux feux de sa prunelle ;

Je rêve un cœur de vierge où rien ne soit éclos.

Et, si contre les vents je déployais ma voile,

Pour me montrer l'écueil, cet astre, mon étoile,

De ses pâles rayons argenterait les flots !

« — Aux bruits étourdissants de cette multitude
Mêlez vos bruits. Pour moi, j'aime la solitude
Où le cœur peut jouer avec un souvenir.
Quand j'erre au fond d'un bois, que le muguet parfume,
Dans mon passé je trouve un peu moins d'amertume,
    Et je dore mon avenir !

« J'aime à voir les taillis agiter leurs crinières,
Sur des arbres bien vieux serpenter de vieux lierres,
Et de leur sort parfois, moi, je me sens jaloux !
Je cherche à m'expliquer ce que dit leur silence,
Par quelles phases passe une telle existence,
Et ces êtres muets me parlent mieux que vous !

« Les champs rendent la force à toute âme lassée,
Là s'ennoblit le cœur et murit la pensée !
Aussi, que j'aime à suivre un sentier peu battu,
A voir les beaux pommiers, imposants par leur nombre,
Et le mince arbrisseau qui s'élève dans l'ombre,
    Auprès d'un grand chêne abattu !

« Et puis, autour de moi quand le vent seul murmure,
De ma paupière tombe une larme plus pure.
Si dans la paix des champs comme au sein des cités
La douleur qui me suit décolore ma vie,
Au moins j'y trouve aussi la sainte poésie,
Ange qui me console et veille à mes côtés,

« Fille de Jehovah poète des poètes,
Qui jadis fit vibrer les harpes des prophètes,
Et qui perle nos jours de ses illusions,
Qui mêle à nos concerts ses notes inspirées,
Et dont vous voulez, vous, unir les voix sacrées
    A toutes vos dérisions !

« Quand vont s'épanouir les fleurs de ta jeunesse,
« Pourquoi donner tes jours en proie à la tristesse ?
« Par tes gémissements pourquoi donc les flétrir ? »
Dites-vous. Il est vrai que dix-huit fois encore
Le printemps à mes yeux n'a pas fait tout éclore ;
Mais est-il donc besoin d'être vieux pour souffrir ?

« Quand on voit une peine auprès de toute joie
Dans ce monde, océan où chaque homme tournoie
Comme un débris qui va s'engloutir sous les flots ;
Quand on voit près des fleurs se dresser tant d'épines,
Tant de cœurs se briser, et de tant de poitrines
    S'exhaler soupirs et sanglots,

« Et, quand pour le malheur le rire est un outrage
Blessant plus que la main qui soufflète au visage,
Qui pourrait s'en aller avec un front joyeux ?
Lorsque l'humanité met à nu ses misères,
Quel cœur d'homme serait sans pitié pour ses frères,
Et qui ne trouverait une plainte pour eux ?

« Oui, plaindre est un devoir que le pauvre réclame !
Oui, nous devons tirer des larmes de notre âme
Quand le cri des souffrants interrompt nos plaisirs !
Et puis, les larmes sont la plus sainte prière
Qui puisse vers les Cieux s'envoler de la terre
      Sur les ailes de nos désirs !

« Pleurez donc et priez, quand aux chants de l'orchestre
Répondra du dehors une douleur terrestre !
Souvenez-vous qu'on souffre alors que vous riez.
De la dernière nuit lorsque la dernière heure
En sonnant vous dira : « Rien pour vous ne demeure,
« Le plaisir use l'homme ! » Alors surtout priez !

....Tandis que je parlais, que de larmes amères
Ont tombé de mes yeux sur mon cœur déchiré !
Et dans la nuit suivante où mes lourdes paupières
Se fermaient vainement, mon Dieu ! que j'ai pleuré !

Février 1843.

AMITIÉ.

A mon ami Alfred T.......

ⁿí

—

Friendship, peculiar boon of heav'n,
The noble mind's delight and pride!
                    JOHNSON.

Jamais l'un de nous deux n'arrivait jusqu'à
l'autre sans trouver l'autre qui le cherchât

                    Ch. NODIER.

Rien n'est tout pour soi. Tout désire :
L'abeille court après la fleur,
La fleur appelle le zéphyre,
Et l'homme, lui, sans cesse aspire
A ce qu'il nomme le bonheur.

Le bonheur ! mot sonore et vide
Qui n'est qu'une dérision,
Mot que rêve l'esprit candide,
Mot qui créa le suicide
Quand s'éteignit l'illusion.

On le cherche dans la richesse,
Dans les caprices du hasard,
Dans les grandeurs, dans la sagesse,
Dans la folie et dans l'ivresse;
On ne le trouve nulle part.

Mais dans la vie humaine, livre
Dont chaque jour est un feuillet,
Nous lisons que l'on peut poursuivre
Un plaisir pur qui nous fait vivre
Et du bonheur est le reflet!

Ce plaisir, c'est celui de l'être
Que l'amour peut multiplier,
De l'homme qui voudrait peut-être,
Tout à la fois victime et prêtre,
A l'amour se sacrifier;

Sentiment qui parfume l'âme
Et grandit l'homme de moitié;
A tous les maux sacré dictame;
Amour, né des yeux d'une femme;
Né du cœur d'un homme, amitié.

A la colombe douce et blanche,
Dont la voix se plaît à gémir,
Il faut une flexible branche;
A l'homme dont la tête penche
Il faut un sein pour s'endormir.

A toute plante sa rosée
Pour l'empêcher de se flétrir,
A toute âme désabusée
L'amour d'une autre âme embrâsée
Pour qu'elle puisse mieux souffrir !

De cet amour qui vivifie
J'ai senti mon cœur affamé.
Quel est le pain qui fortifie,
Quel est le feu qui purifie
Comme le plaisir d'être aimé?

Ce plaisir, le seul que je goûte,
Me délivre du désespoir,
Quand il écarte de ma route
Les ombres mouvantes du doute
Qui rendent mon horizon noir.

Aussi, lorsque le captif rêve
Aux douceurs de la liberté,
Lorsque le proscrit sur la grève,
Pour que son âme se relève,
Songe au pays qu'il a quitté ;

Et lorsque la femme pensive,
Tenant son enfant endormi,
Songe au pêcheur fuyant la rive,
Et dit : « Qu'un bon ange te suive ! »
Alors je songe à mon ami.

Chaque chose remplit sa tâche.
A l'objet qui l'attire à soi
Il faut que tout regard s'attache.
Alfred, que ton âme le sache,
Mon regard se tourne vers toi.

Des jours que nous vivions ensemble
J'évoque le doux souvenir,
Une illusion nous rassemble,
Puis le réel revient, je tremble....
Mais j'espère dans l'avenir!

Je pense aux douceurs de nos veilles,
A la fraîcheur de nos matins.
Pour voir de Dieu quelques merveilles,
Nous volions comme les abeilles
Qui vont des roses aux jasmins !

Tous deux allions dans les prairies
Murmurer avec les ruisseaux,
Alimenter nos rêveries,
Nourrir d'intimes causeries,
Et chanter avec les oiseaux !

Tous deux allions sur la colline
Pour élargir notre horizon,
A l'heure où le soleil décline,
Au temps où la fleur d'aubépine
Tombe en neige sur le gazon.

Tous deux allions dans le silence
Qu'abrite l'ombre des grands bois,
Pour y parler de notre enfance,
Et nous redire en confidence
Ce que nous avions dit cent fois!

Nous partagions tout, douleurs, joies,
Espérances, travaux, plaisirs :
Suis-je égaré, tu te fourvoies,
Car nous suivions les mêmes voies,
Nous avions les mêmes désirs!

On voyait nos âmes jumelles
L'une sur l'autre s'appuyer ;
Il est tant d'harmonie entr'elles
Qu'elles semblaient deux étincelles
Pétillant au même foyer.

Oh! reviens afin que se rive
La chaîne qui nous unissait ;
Pour toi mon âme est expansive ;
Reviens, j'ai soif de cette eau vive
Que dans mon cœur ton cœur versait.

Reviens, et nous irons encore
Errer sur les côteaux tous deux,
Et, quand s'éveillera l'aurore,
Adorer celui qu'on adore
Par cet hymne religieux :

« — Gloire à toi devant qui les mondes
S'inclinent après leurs sommeils !
Gloire sur les monts , sur les ondes !
Gloire ! lorsque tes mains fécondes
Semèrent l'homme et les soleils ,

Par toi fut fait pour la lumière
Le papillon qui vit un jour ;
Le corps fut fait pour la poussière ,
L'âme humaine pour la prière ,
Et tu fis le cœur pour l'amour !

Avril 1843.

DIX-NEUVIÈME ANNÉE.

Je ne voyais dans l'art de l'écrivain qu'un
moyen de se faire aimer.

Ch. NODIER.

Qu'est-ce en effet qu'un Poète? Un homme qui
sent fortement, exprimant ses sensations dans
une langue plus expressive.

La poésie, ce n'est presque que sentiment.

Victor HUGO.

6

L'ARC-EN-CIEL.

—

En voyant briller sur la nue
Les nuances de l'arc-en-ciel,
Mon âme aussitôt s'est émue :
De mon cœur j'ai fait un autel.
        Alph. LEFLAGUAIS.

Parmi ces blanches nues
  Qui, vagues tout émues,
Vont courant dans les cieux,
Femme au regard superbe,
Vois-tu bien cette gerbe
  De rayons lumineux ?

Salut à l'arc ! je l'aime,
  Car dans le vieux poëme
Du monde à son berceau,
J'ai lu, dès mon enfance,
Qu'en signe d'alliance
  Dieu forma ce faisceau,

Ce faisceau de lumière
Dont l'immense crinière
Touche aux deux horizons,
Et dont le soir encore
La teinte rouge dore
Les toits de nos maisons.

Vois comme se déploie
Cet écheveau de soie
Avec ses fils d'azur,
Aspect moins grandiose,
Si ses teintes de rose
Nuançaient un ciel pur;

Car dans un grand contraste
Une âme enthousiaste
Va chercher ses plaisirs,
Et c'est fête pour elle
De voir l'eau qui ruisselle
D'un ciel tout de saphirs!

Peut-être que ton âme,
Avec ses peurs de femme,
N'aime pas, elle, à voir
Sur une blonde étoile
Comme un funèbre voile
Fuir un nuage noir,

Mais la mienne , au contraire ,
Soupçonnant le mystère
Des grands jeux du hasard ,
Refait des harmonies
Aux choses désunies
Dont elle est une part !

Vois comme cette ligne ,
Ainsi qu'un cou de cygne ,
Gracieuse s'étend !
Vois donc comme elle étale
Ses beaux reflets d'opale
Sur un grand fond d'argent !

Pour ce ruban de gaze ,
Émeraude , topaze
Et rubis tout vermeil
Ont prêté leur verdure ,
Leur flamme et leur dorure
Aux rayons du soleil !

L'arc-en-ciel qui chatoie ,
Quel est-il ? qui l'envoie ?
Vient-il des Cieux ? des mers?
C'est peut-être la trace
Qu'en traversant l'espace
Laisse l'ange des airs.

N'est-ce point le sourire
Qu'à ce terrestre empire
Fait le ciel nébuleux ,
Ou n'est-ce point l'image
Du séduisant plumage
De quelqu'oiseau des Cieux ?

Lorsque de fraîches âmes
De vierges ou de femmes
S'envolent vers l'Eden ,
Pour y boire aux calices
Des célestes délices ,
N'est-ce point leur chemin ?

N'est-ce point la ceinture
De celui qui mesure
Les heures et les jours?
Ou bien , est-ce une lyre
Qui module et soupire
Les hymnes des amours?

Non ! c'est une guirlande
Qui , dès que Dieu commande ,
Brille de sept couleurs.
Gloire donc au Grand-Maître
Qui fait ainsi paraître
L'ombre de ses splendeurs !

Serais-tu déjà lasse
De voir le ciel qu'enlace
Ce bras d'azur et d'or ?
Pourtant, ma toute belle,
Qu'un instant ta prunelle
Reste élevée encor :

Tels qu'après le naufrage
On voit près de la plage
Flotter quelques débris,
Dans les cieux qui brunissent
Regarde comme glisssent
De grands nuages gris,

Et comme, diaphane,
Le nuage qui plane
Laisse voir les couleurs,
Image du génie
Des voiles de l'envie
Perçant les épaisseurs !

15 Mai 1843.

MATERNITÉ.

A madame Irma M. (provençale).

—

Quand vous étiez encore une petite fille
Semblable au passereau qui voltige et sautille,
Quand vous étiez encor dans cet âge où les cœurs
N'ont d'amour que pour l'air, le soleil et les fleurs,
Où nous n'aimons rien tant qu'un baiser de la mère
Qui nous fait à genoux dire notre prière;
Lorsque d'un seul sommeil vous dormiez chaque nuit,
Et qu'en un songe d'or, au pied de votre lit
Vous regardiez sans peur vous sourire un bel ange,
De l'homme et de l'enfant harmonieux mélange,
Enfin quand vous comptiez votre âge par des jours
Qui vous voyaient heureuse et vous semblaient trop courts,

Alors, courir gaîment sur les vertes pelouses,
Et dérober aux fleurs, de votre éclat jalouses,
Leur parure du soir, brillantes perles d'eau ;
Du geste et de la voix animer un cerceau,
Jeter sur les gazons vos petites amies,
Rire avec abandon de toutes leurs folies,
C'étaient là, n'est-ce pas, des plaisirs si charmants
Que votre douce joie était de tous moments?
— Ces délices d'un cœur où ne luit que l'aurore,
Faisaient épanouir votre âme vierge encore,
Mais ne répondaient pas à vos secrets désirs.
Il était un plaisir parmi tous ces plaisirs
Qui parlait vaguement à votre petite âme
Des devoirs que révèle un noble instinct de femme
Même à l'enfant pour qui tout est mystérieux.
Souvent vous renonciez à vos plus jolis jeux,
Vous laissiez dans les champs s'ébattre vos compagnes,
Les papillons parer le tapis des campagnes
Et les poissons rougir l'étang, vaste miroir
Où vos jolis yeux bruns auraient pu si bien voir
Votre front angélique et blanc comme un narcisse ;
Vous laissiez tout ; pourquoi? N'était-ce qu'un caprice?
Non : c'était pour aller essayer le plus beau
Des rôles de la femme! — Alors, dans un berceau
Vous preniez doucement votre chère poupée
Qui de légers tissus dormait enveloppée,
Et puis vous la pressiez tendrement dans vos bras ;
Vous vouliez qu'avec vous elle fît quelques pas ;

C'était plaisir pour vous de la faire gentille,
De l'appeler souvent votre enfant, votre fille!
Sur elle vous versiez ce qu'il coule d'amour
De l'âme d'un enfant! Et mère à votre tour,
En bégayant les mots de la langue enfantine
Vous la grondiez bien fort quand son humeur chagrine
Allumait dans vos yeux les flammes du courroux!
Vous la priviez alors de ses plus beaux joujoux,
Vous la laissiez bouder dans un coin solitaire,
Ou dans son lit de joncs, avant l'heure ordinaire,
Vous la portiez; et, quand elle avait prié Dieu,
Ne pouvant la quitter sans le baiser d'adieu,
Vous effleuriez son front de votre lèvre rose,
Et pourtant ce n'était qu'un jouet, une chose!
— Une chose, il est vrai; mais les illusions
Font éprouver aussi de ces émotions
Qui nourrissent le cœur lorsque l'esprit voltige
De l'image á l'objet pour créer le prestige!

Maintenant, palpiter d'un bonheur maternel
N'est plus pour vous un rêve envoyé par le Ciel,
Et c'est bon; car depuis qu'on vous nomme Madame,
Plus large est votre cœur, plus avide est votre âme.
De ce cœur affamé les premiers appétits
Sont enfin satisfaits, car vous avez un fils!

Plus tard, quand vous étiez l'ardente jeune fille
Dont l'œil plein de désirs sous des cils noirs scintille,

Dites, n'est-il pas vrai que sous les grands tilleuls,
Le soir, quand les esprits aiment à penser seuls,
Plus d'une illusion fraîche, suave, exquise,
Dans les airs parfumés volant avec la brise,
Venait se reposer sur votre front rêveur
Comme un beau papillon sur une belle fleur?
Vous aspiriez l'air pur qui vous venait des grèves,
Et vous baissiez la tête. Alors qu'étaient vos rêves?
Les horizons du temps s'élargissaient pour vous;
Vous placiez votre main dans la main d'un époux,
Vous voyiez se faner cette blanche couronne
Que tresse l'innocence et que l'amour moissonne....
Et vous songiez bientôt qu'un enfant nouveau-né,
Empruntant la blancheur d'un jasmin satiné,
Aux cheveux d'épis blonds formant une javelle,
Pendait à votre sein, fontaine maternelle,
D'où le lait et l'amour coulaient également.
Vous l'entendiez pousser quelque vagissement,
Et le frisson ridait votre figure pâle:
Vous berciez sur vos bras cette forme idéale,
Ce fantôme créé par une illusion,
Comme le flot marin balance l'alcyon
Qui flotte sans péril dans son nid d'algue verte.
Bien souvent l'avenue était sombre et déserte,
Et les oiseaux dormaient dans leurs berceaux en fleur,
Chaque flambeau céleste épanchait sa lueur,
Toute voix s'était tue, et, plus fraîche, la brise
Vous surprenait encore au même endroit assise,

Et vous baisait, tandis qu'avec suavité
Vous rêviez d'avenir et de maternité !

Enfant et jeune fille ont passé. Les chimères
Et leur cortège ailé d'images mensongères
Ont déjà pris leur vol pour ne plus revenir,
Car vos jours maintenant sont ceux de l'avenir
Que vous aviez rêvé dans la sombre avenue.
L'amour, rosée amère en larmes descendue,
Rayon qui colora votre ciel au matin,
Diamant de belle eau trouvé dans le chemin,
D'un céleste génie haleine balsamique,
Miel plus pur que le miel des abeilles d'Attique,
L'amour, calice plein d'enivrantes liqueurs
Que boivent à la fois et nos yeux et nos cœurs,
D'un monde merveilleux la plus belle merveille,
L'amour dont le nom seul fait que notre esprit veille,
Souvent faisait frémir d'un désir inconnu
Votre sein palpitant ; votre front ingénu
Rougissait sans savoir pourquoi, puis, jeune fille,
Dans vos membres courait un frisson tout fébrile.
Et lorsque vous passiez le long des orangers,
Que les regards longtemps suivaient vos pas légers ;
Sous votre ciel de feu qui mûrit les poètes
Quand des lyres chantaient : « Ornement de nos fêtes,
« Jeune fille, oh ! rien n'est si beau que vous ! » Bientôt
Vous qui pensiez tout bas ce qu'on disait tout haut,

Vous songiez à part vous qu'il existe peut-être
Des choses que jamais nul ne nous fait connaître,
Énigmes dont le cœur peut seul trouver le sens ;
Vos regards s'abaissaient sur vos charmes naissants,
Vous songiez que le cœur ne peut pas rester vide,
Et que si notre vie est un courant rapide
Entraînant dans ses flots l'instant, l'heure et le jour,
Nous pouvons le changer en un torrent d'amour !
Et puis, vous vous preniez, ô jeune provençale,
A rêver doucement de fête nuptiale,
De bonheur de famille, oh ! le meilleur de tous,
De plaisirs du foyer, de caresses d'époux !
Vous songiez, c'était tout. Mais à présent, Madame,
De bonheur et d'amour rassasiez votre âme,
Car à présent époux, enfant tant souhaité,
Tendres affections, tout est réalité !

Si dans vos jours passés quelques douleurs amères,
Quelques chagrins cuisants ont gonflé vos paupières,
Madame, oubliez-les : tous les maux sont finis
Pour la femme à laquelle il vient de naître un fils !

Votre fils ! de vous-même il est une partie
Et par lui vous vivez une seconde vie !
C'est pour vous un trésor, un ange radieux,
Et vous voyez le ciel dans l'azur de ses yeux.
Il est, vous le savez, puisque vous êtes femme,
Le sang de votre sang et l'âme de votre âme !

Aussi pour cet enfant le sein qui l'a porté
Déborde d'un amour brûlant, illimité!
A la vôtre sa vie est dès lors attachée,
Et cette jeune fleur souffrirait desséchée,
Et puis on la verrait se courber et mourir
Si votre sève allait cesser de la nourrir!
Brisé par l'aquilon souvent un rameau penche
Et l'on voit le fruit vert tomber avec la branche.
C'est ainsi.

    Maintenant que votre âme a goûté
Des douces voluptés de la maternité,
Les prés seront sans fleurs, les navires sans voiles,
Le soleil sans éclat et la nuit sans étoiles,
Les gerbes sans épis, les grottes sans fraîcheur,
Avant que vous puissiez refroidir votre cœur
Au point de vous passer de cette jouissance,
O mère, qui pour vous est toute l'existence!

Du jour que cet enfant jeta son premier cri,
Depuis que sous vos yeux ses lèvres ont souri,
Tout s'embellit pour vous, tout vous plaît davantage.
Les oiseaux chantent mieux sous un plus frais ombrage,
La campagne est plus gaie et les ruisseaux plus clairs,
Les fruits plus savoureux et les arbres plus verts.
Ces flambeaux que le soir l'ange des nuits allume
Ont plus de feux encor, les flots moins d'amertume,
Les airs plus de parfum, les hommes plus d'honneur,
Le monde plus d'ensemble et vous plus de bonheur,

De bonheur calme, doux, pur, intime, ineffable!
Le zéphyr berçait mieux les vagues sur le sable
Lorsque de votre enfant la première aube a lui,
Car douceur, joie, amour, beauté, tout est en lui!
Et vous ne trouvez pas d'harmonie aussi gaie
Que les bruits murmurants que cet enfant bégaie!
Et vous ne trouvez pas de treillage aussi beau
Que les rameaux d'osier qui forment son berceau!
Et si Dieu vous disait : « Choisis l'un de mes anges,
« Pour remplacer ton fils et donne-lui ses langes! »
Vous diriez non, à Dieu!

     Quel étrange mystère,
Quel cœur pétri d'amour que le cœur d'une mère!
Oh! c'est un grand chef-d'œuvre!

       Et tout ce que j'ai dit
Est vrai pourtant, et.... Mais votre mignon vagit,
C'est que vous lui manquez : où l'amour vous appelle
Hâtez-vous de courir, votre tâche est si belle!
Psalmodiez un air qui, traînant en longueurs,
Fasse au moins sommeiller ses premières douleurs!

La barque qui contient la moitié de votre âme,
Dont le flanc n'est encor battu d'aucune lame
Parce qu'elle ne fait que de sortir du port,
Cingle vers un écueil qu'on appelle la mort.
Les plus vieux matelots de cette mer houleuse
Ont déjà souhaité la traversée heureuse

Au nouveau passager. Oui, beaucoup de souhaits
Sur ce fragile esquif ont été déjà faits.

L'un veut que ce soit tard qu'il aborde au rivage,
L'autre conjure en vain la bourrasque et l'orage,
Et tous voudraient le voir éviter les rochers ;
Mais sur cet océan il n'est point de nochers
Que tôt ou tard le vent sur les récifs ne brise.
Ce bateau mollement agité par la brise
Et sur lequel penchés tant de cœurs font des vœux,
Est le berceau fleuri de votre ange aux yeux bleus :
Il est le passager : l'océan, c'est la vie.

Mais quelle chose aussi vraiment digne d'envie
A votre jeune enfant pourrai-je souhaiter ?
Une course bien longue avant de s'arrêter ?
Beaucoup de jours à vivre ? Ah ! ce serait peut-être
Lui souhaiter beaucoup de fautes à commettre,
Beaucoup d'horreurs à voir et de maux à souffrir,
Car le bonheur n'est pas toujours dans l'avenir !
Quoi donc lui souhaiter ? une ample renommée ?
Mais ce n'est rien qu'un bruit ! la gloire ? autre fumée !
Autre fantôme vain que l'on prend pour un corps,
But mobile et fictif qui trompe nos efforts !
Demanderai-je à Dieu que de la poésie
Il verse les parfums dans cette âme choisie ?
Maitresse dont l'amour, pourtant si pur, si beau,
Fait languir ses amants et leur creuse un tombeau,
La poésie, hélas ! de la gloire est l'apôtre
Et souvent ces deux sœurs vivent l'une par l'autre !

Et puis, lorsque sa flamme a pu nous échauffer,
Je sais ce qu'il en coûte à vouloir l'étouffer !
Dirai-je : qu'il soit riche ? ah ! le dégoût l'assiège,
Le riche, et les ennuis marchent à son cortège !
Dirai-je : puisse-t-il régner sur bien des cœurs ?
C'est aller vers un gouffre en marchant sur des fleurs !
Quelques-uns de savoir veulent qu'il ait l'envie :
Vœu fatal, car hélas ! c'est dessus qu'est la lie,
Dans ce vase sans fond que l'homme presse en vain,
Où l'on puise toujours et qui toujours est plein !

Non, non, point de ces vœux ! Voici ce que souhaite,
Madame, à votre enfant, tout le cœur du poète :
« Pour que jamais tes jours ne soient désenchantés,
« Afin d'avoir toujours un ange à tes côtés,
« Afin que l'existence, enfant, te soit légère,
« Que long-temps, bien long-temps, Dieu te garde ta mère ! »

Juin 1845.

POURQUOI PARTIR?

A monsieur J.-Ludwick Potel,

PROFESSEUR DE STÉNOGRAPHIE (*).

—

> Pas n'eusse cru que de joye advenue
> Fut advenu regret si ennuyeux.
>
> MAROT.

> Plaindrez-vous pas un peu les gens que vous quittez?
>
> Émile DESCHAMPS.

Les nomades pasteurs, honneur des premiers âges,
Ne trouvant plus de fruits ni de gras pâturages,
Levaient leur tente, ami, pour la planter ailleurs,
Car le pays natal, pour eux, c'était le monde;
Vous, pour qui notre terre hélas! n'est plus féconde,
    Vous faites comme les pasteurs.

(*) M. Potel partait, après avoir donné huit jours d'enseignement au collége où l'auteur était alors.

Avaient-ils rencontré des campagnes fleuries,
Des arbres chargés d'ombre et de vertes prairies,
Bientôt ils les laissaient sans verdure et sans fleurs :
Ils avaient des oiseaux troublé les solitudes :
Pour nous, oiseaux en cage, égayant nos études,
    Vous valez mieux que les pasteurs.

Oui, car vous nous avez dévoilé des merveilles !
On dirait que les mots ont des ailes d'abeilles
Et que, tracés d'avance, ils volent sous vos doigts.
Mais qu'on admire l'art, c'est l'artiste que j'aime !
Oh ! merci donc pour tous, et merci pour moi-même
    Compatriote, ô Dieppois !

Pourquoi partir, Ludwick ? Vous arrivez à peine,
Car, passée avec nous, qu'est-ce qu'une semaine ?
Où voulez-vous trouver des sites plus charmants,
De plus riants côteaux, de plus vertes collines,
Un ciel moins nuageux, des eaux plus crystallines,
    Et surtout des cœurs plus aimants ?

Vainement vous partez. Si le corps est agile,
Plus que lui la pensée à courir est habile.
La nôtre vous suivra dans vos plus longs détours.
Comme dans le foyer la flamme suit la flamme,
L'âme humaine souvent s'élance vers une âme
    Qu'en secret elle suit toujours !

Oh ! souvenez-vous donc de ce jeune poète
Qui , de bouche et de cœur, sincèrement regrette
De ne pouvoir pour vous chanter un plus beau chant ,
Dont l'âme a vu le fond de votre âme d'artiste ,
Et qui demain ira , silencieux et triste ,
   Contempler le soleil couchant ,

Non pas pour aspirer des souffles poétiques ,
Ni des nuages voir les formes fantastiques ,
Ni bercer les espoirs qui dans son âme ont lui ;
— Il ira pour songer que dans votre demeure ,
Après les soins du jour , peut-être qu'à cette heure
   Vous pensez un instant à lui !

Juin 1843.

MYOSOTIS.

Sans doute qu'en voyant tes modestes fleurettes,
Un crésus dédaigneux aux pieds t'aurait foulé.
Oh! que sur la colline où chantent les fauvettes
Plus doux tes jours auront coulé!

Charles CHAUBET.

Fleur mignonne, fleur bleue, ô fleur toute gentille,
Qui vis d'air, de soleil, de rosée et d'amour,
Que je voudrais aussi des champs être une fille,
    Ne fut-ce qu'un seul jour !

— Chaque soleil qui vient t'amène un jour de fête,
Tu souris à l'espoir d'un joyeux lendemain,
Et tu n'as qu'à baisser quelques instants la tête
Quand le vent fait voler la poudre du chemin.

— Mes jours, à moi, souvent sont mauvais. Sur moi pèse
Comme un poids accablant dans les airs suspendu ;
Entre deux horizons je ne suis pas à l'aise ;
Je voudrais, pour courir, un champ plus étendu.

— Toi, lorsque de parfums ta corolle est bien pleine,
Tu les livres au vent qui les porte à tes sœurs,
Et l'oiseau, s'embaumant de ta suave haleine,
T'aime, et se garde bien d'aller chanter ailleurs !

— Moi, je n'entends jamais de voix aérienne
Dont chaque son qui vibre éveille un saint désir,
Et jamais ne se plaint quelque lyre éolienne
Qui fasse de mon âme envoler un soupir !

— Du ruisseau, ton voisin, l'onde n'est pas troublée,
Et souvent c'est tout bas que te parle son eau,
Et l'on t'a vue aussi le soir, dans la vallée,
Te pencher doucement vers le petit ruisseau !

— Pour moi dont si souvent l'espérance est flétrie
Et qui pour admirer me sens déjà trop vieux,
Pour moi qui dès long-temps ai deviné la vie
Les hommes n'ont plus rien qui soit mystérieux !

— Quand un réseau d'amour enveloppe la terre
Pour la rendre meilleure et la poétiser,
Quand ta feuille au printemps frémit avec mystère,
Une autre fleur s'entr'ouvre et reçoit ton baiser !

— Moi, je ne puis répondre à des aveux de femme,
Car je déplore hier et je crains pour demain ;
Moi, je ne puis sentir un amour dans mon âme,
Un front sur mon épaule, une main dans ma main !

Fleur mignonne, fleur bleue, ô fleur toute gentille,
Qui vis d'air, de soleil, de rosée et d'amour,
Que je voudrais aussi des champs être une fille,
　　　Ne fut-ce qu'un seul jour !

Septembre 1845.

MERCI.

A madame M.-C. Quillet.

—

Des fleurs les champêtres amours,
L'azur brillant de leur corolle,
Leurs doux parfums et leurs atours
Ne valent pas ton auréole.

La fleur s'endort aux bruit des eaux,
Et toi, modulant sur ta lyre,
Des chants et des accords nouveaux,
Tu nous ravis par ton délire!

.   .   .   .

Mme QUILLET. (*Épître à l'auteur.*)

Ne faut-il pas toujours consoler les poètes?
DE CORMENIN.

Saus doute vous saviez qu'au fond des âmes closes
Souvent et très-souvent il se passe des choses
Qui feraient bien pitié si l'œil pouvait les voir,
Que l'esprit a sa lutte et le cœur ses rafales,
Que la vie a ses jours de tortures morales
　　Et ses instants de désespoir!

Sans doute vous saviez quelle méprise étrange
Est la nôtre, alors que sous le voile de l'ange
Nous voyons grimacer la face du démon.,
Quand de tous les plaisirs qu'on se crée à soi-même,
De tous les biens d'esprit qu'on cultive et qu'on aime,
    Il ne nous reste plus qu'un nom !

Sans doute vous saviez qu'enfin le temps arrive
Hélas! où du regard il faut que chacun suive
Sa chère illusion qui remonte et s'enfuit,
Où le cœur est fumant et jonché de ruines,
Où l'esprit veut chercher des lueurs trop divines,
    Et puis retombe dans la nuit !

Et vous saviez aussi qu'en commençant sa route,
Parfois l'homme rencontre un ennemi, le doute,
Qui l'étreint en criant : mensonge et vérité !
Qui rit à ses côtés d'un rire sardonique,
Et puis plonge et replonge avec l'esprit sceptique
    Dans sa profonde obscurité !

Et pensant qu'elle aussi, l'âme a son agonie,
Vous aurez puisé vite aux sources du génie
Pour lui rendre d'abord un peu de sa vigueur ;
Oui, vous aurez voulu qu'une douce parole,
Au nom des temps futurs, m'anime, me console,
    Et soit un baume à ma douleur !

C'est bien à vous, très-bien ! Merci donc, ô Marie,
D'avoir fait que mon âme encore espère et prie,
D'avoir illuminé ma pensée, oh ! merci !
Vous vouliez que de moi s'éloignât le calice ?
Que, fort d'un souvenir, j'entrasse dans la lice ?
      Eh bien ! vous avez réussi.

Éteindre le flambeau ? Non, non ! qu'il se consume !
Seulement si parfois je sens trop d'amertume,
Alors dans mes deux mains je cacherai mon front ;
Si le dédain se rit de mon enthousiasme,
Je dirai, sans salir mon luth par le sarcasme ;
« Pardonnez-leur, mon Dieu ! savent-ils ce qu'ils font ? »

Le calme pour moi seul enfantait des tempêtes,
La foudre en moi grondait jusqu'au milieu des fêtes,
Et mon ciel nuageux d'un crêpe se voilait,
L'avenir allait être une mer orageuse
Ballotant sur ses flots ma barque aventureuse,
Tandis que lentement un gouffre noir bâillait....

Mais vous, vous avez fait que j'ai foi dans moi-même,
Et qu'au bord de ma lèvre expire le blasphème
Qu'une heure de souffrance a lancé jusqu'à Dieu.
Mon cœur cherchait en vain à secouer sa cendre,
Mais de vous, harpe, un son s'est fait à peine entendre,
Et voilà que mon cœur n'est pétri que de feu !

Dans ce cœur pour toujours est votre hymne, ô Marie !
Que la muse long-temps vous aime et vous sourie ,
Car si la douce voix dont le ciel vous dota ,
Comme à moi, quelquefois ne venait pas en aide
A ceux que d'un espoir chaque instant dépossède ,
Oh ! que d'âmes, Seigneur, auraient leur golgotha !

Femme, s'il est bien vrai qu'un accord de ma lyre
Vous semblant doux autant que l'encens et la myrrhe ,
Va jusqu'à votre cœur, et le fait palpiter ,
Et s'il se peut aussi que parfois votre oreille
Aime ma voix autant qu'un bruit d'ailes d'abeille ,
Marie, écoutez-moi, pour vous je vais chanter :

« La femme au cœur de barde est une urne choisie ,
« Et dès qu'elle s'incline, un flot de poésie
« Par bonds harmonieux s'échappe de son sein ;
« Son chant, c'est un zéphir souriant aux feuillages,
« Un rayon de soleil au milieu des orages,
« C'est la goutte d'eau pure offerte au pélerin !

« C'est le phare sauveur qui, debout sur la grève ;
« Plonge un regard de feu dans l'abyme, et relève
« L'espoir du matelot pour qui sa flamme a lui ,
« Fait sécher sur son front une sueur glacée,
« Et, lui montrant le sol, chasse de sa pensée
« Les images de mort qui dansaient devant lui ! »

DEUX FEMMES.

—

I.

Anges, rayons des Cieux, parfums du monde, ô femmes,
En vous si Dieu souffla les plus ardentes âmes,
Et s'il vous a donné la prière et l'amour,
C'est pour que vous aimiez et priiez tour-à-tour !
Vous n'avez point paru sur l'immense théâtre
Pour dominer les flots d'une foule idolâtre,
Et voir tous les plus fiers, humbles, à vos genoux;
Vous avez votre scène à jouer comme nous !
Admirer qui vous aime, aimer qui vous admire,
Inspirer les plus doux des accords de la lyre,
Torréfier les cœurs et priver à la fois
Les esprits de pensée et les lèvres de voix,

De grâce et de beauté vous faire une auréole,
Plaire, être reines, là n'est pas tout votre rôle!
Notre vie est un trait que chaque homme reçut
Afin de le lancer plus ou moins près du but.
Tous ont leur mission, l'esprit n'est qu'un apôtre;
Le poète a la sienne et vous avez la vôtre.
Oui, femmes, je dis vrai : Si Dieu fait de vos cœurs
Un foyer de tendresse, ample et tout plein d'ardeurs;
S'il donne à vos regards le feu de l'éloquence,
S'il suspend à vos pleurs un rayon d'espérance,
S'il aime à vous parer de la faiblesse, et si,
Bien souvent, il vous fait belles, douces aussi,
Si belles que parfois on dirait que vous êtes
Une apparition féerique au sein des fêtes,
Si douces qu'on vous croit des anges du bon Dieu
Et qu'on a toujours peur d'entendre votre adieu;
De vos têtes s'il fait des merveilles vivantes,
Et s'il attache en vous de ces cordes vibrantes
D'où chaque sentiment sait arracher un son
Et qui sont les échos de toute passion,
O femmes, ce n'est pas pour qu'un désir de flamme
Aille en tourbillonnant incendier votre âme!
Ce n'est pas pour qu'un cœur, valet de faux plaisirs,
Prépare aux derniers jours le fiel des repentirs!
Non, votre mission est meilleure et plus belle!
Si Dieu dans vos esprits allume une étincelle,
C'est pour que votre amour, beau de sa pureté,
Prenant un plus doux nom, s'appelle Charité!

Charité! c'est le mot du Christ et des prophètes!
Qu'il soit le vôtre aussi. — Femmes, vous êtes faites,
Pour réconcilier l'homme avec le destin.
Quand hurle la douleur et quand gémit la faim,
Quand le pauvre fiévreux n'a que ses pleurs à boire,
Soyez-là, toujours là! Si la touchante histoire
De quelque bon vieillard sans fils pour le nourrir,
Sans toit pour l'abriter, et sans lit pour mourir,
Vient, à travers les bruits d'une tourbe insensée,
Attrister un moment votre fraîche pensée
Et l'occuper un peu des misères d'en bas,
Des sentiers du plaisir détournez quelques pas,
Et puis adoucissez toutes ces agonies!
Femmes, pour qu'on vous aime, et pour être bénies,
Afin que vos bonheurs ne soient jamais amers,
Étoiles de nos cieux, ô perles de nos mers,
Faites un dénouement heureux à tous ces drames
Où se meurent les corps, où se brisent les âmes,
Que, douce et sans orgueil, votre pitié souvent
Fasse briller la joie au front de l'indigent!

II.

Un soir, le froid faisait clore toutes les portes,
Et le vent dans les airs portait les feuilles mortes;
Les arbres tremblotaient; les nuages tout blancs
De frimats et de neige avaient garni leurs flancs,
Et les glaçons pendaient comme des stalactites
Au bord des toits couverts de mousses décrépites.

Les hommes pour lutter contre ces froids nouveaux
Jetaient sur leur épaule un coin de leurs manteaux
Et couraient en glissant sur le pavé des rues.

Or, nous vîmes venir deux femmes inconnues.
— Au coin d'un carrefour alors nous étions deux
Qui cherchions vainement des étoiles aux cieux. —
Près d'elles, Paul et moi, bientôt nous arrivâmes,
Et nous pûmes très-bien contempler ces deux dames.
L'une était jeune, belle, éblouissante à voir,
Et vraiment l'on eût dit qu'aux feux de son œil noir
Le cœur, ce papillon qu'attire une étincelle,
Devait étourdiment aller brûler son aile.
Elle allait embaumer avec son souffle ambré
Une fête du soir, et de son front nacré
Devant de gais danseurs faire éclater la joie.
Le frôlement léger de son manteau de soie
Éveilla tout-à-coup un pauvre homme assoupi
Qui dans un angle obscur et froid s'était tapi.
Lorsqu'il vit de bonheur briller cette opulente,
Il pensa qu'il pouvait tendre sa main tremblante :
Aussi jusqu'à ses pieds le malheureux rampa,
Et lui dit lentement ces mots qu'entrecoupa
Plus d'un soupir de feu, plus d'un frisson de glace :
« — La charité, Madame ; oh ! je vous prie en grâce !
« L'aumône, au nom du Christ ! Par un faible secours
« Faites-moi vivre au moins encore quelques jours ! »

Mais elle, l'esprit plein des plaisirs de la fête,
Le regarda distraite, et détourna la tête.
« — Voyez ! Le froid raidit tous les doigts de ma main,
« Et mes pieds ont rougi les cailloux du chemin.
« L'épuisement, la faim, la fièvre, tout me tue !... »
Une voix de l'orchestre arriva dans la rue.
Alors, craignant d'ailleurs de salir ses regards
Aux lambeaux qui couvraient le pauvre aux yeux hagards,
Dès qu'elle eut rajusté sa parure soyeuse,
Elle courut au bal, empressée et rieuse !

Elle courut au bal ! Oui, va, dans cette nuit,
T'enivrer de plaisir, de louange et de bruit !
Fleur sans parfum, ô corps dégradé par son âme,
Épanouis-toi bien ! va ; mais prends garde, femme,
Que le remords, venant assaillir ton sommeil,
Dans toute sa hideur ne se fasse pareil
Au malheureux qui va se mourir par ta faute !
La main moins suppliante, et la tête plus haute,
Il viendrait te prédire un jour, un jour prochain,
Où tu prieras toi-même, où tu prieras en vain !
Il viendrait l'œil ardent et tout plein de menace,
Pour qu'à ton tour aussi tu lui demandes grâce !
Il viendrait, instrument de l'expiation,
Te courber sous un cri de malédiction !
Et cela, chaque nuit, pendant toutes les heures,
Pour qu'à chaque minute, à chaque instant, tu pleures !

— Trève! trève! — Voilà ce que ta voix crierait.
Impitoyable aussi, le spectre répondrait :
« Point de trève!.. — « Mais, femme, entre au bal et rayonne,
Car ton danseur t'attend, et l'orchestre résonne.

III.

Alors du mendiant la tête se pencha,
Se pencha pour mourir. Mais de lui s'approcha
L'autre dame, sans peur sur la glace et dans l'ombre,
Comme glisse un rayon vers un nuage sombre.
Elle ne voulut point qu'il s'éteignît encor,
Et lui donna la vie, en lui donnant de l'or.
Et nous, nous l'admirions. Non qu'elle fût jolie,
Qu'elle eût cette fraicheur que jamais l'œil n'oublie,
Qu'elle eût ravi l'éclat et la limpidité
A la perle marine ou bien aux fleurs d'été;
Non que cette femme eût, ainsi que la première,
Des feux sous les cils noirs de sa blanche paupière.
Non! Mais c'est que, meilleure, elle tendait la main
A ce pauvre tombé sur le bord du chemin,
C'est qu'elle ouvrait son âme aux cris du misérable!
Elle était laide, oui, mais elle était charitable!
— Dieu fasse devant vous passer, toutes les nuits,
Madame, les plus beaux de ses riants esprits!

— Ce fut tout. Maintenant savez-vous bien laquelle
De ces deux femmes-là nous parut la plus belle?

LA FEUILLE DE TREMBLE.

—

Ta feuille est mobile et tremblante,
Tu me peins l'amour qui frémit.

DUCIS.

Je me suis dit : Qui ressemble à mon âme ?
    Est-ce un rayon ?
Est-ce le vent qui fait monter la flamme
    En tourbillon ?
Est-ce l'oiseau porté par le nuage
    Tout près des Cieux,
Et qui d'en haut voit flotter son image
    Sur les flots bleus ?

Est-ce un ruisseau qui cadence ses plaintes
    Tout en passant ?
Est-ce une fleur dont pâlissent les teintes
    En vieillissant ?
Est-ce un reflet qui glisse des étoiles
    Sur les gazons,
Ou la nuée entourant de ses voiles
    Les horizons ?

Est-ce le chant que sait former la lyre
　　Avec nos pleurs?
Est-ce des nuits la reine qui se mire
　　Dans les vapeurs?
Un papillon sur le feuillage sombre
　　Des vieux cyprès?
Ou le parfum que l'on respire à l'ombre
　　Des aloès?

Est-ce un brouillard dont un jet de lumière
　　Fait l'arc-en-ciel?
L'abeille allant sur une absinthe amère
　　Cueillir son miel?
—A tout cela ma jeune âme ressemble;
　　Mais plus encor
Elle est pareille à la feuille du tremble
　　Qui point ne dort.

Souffle suave, air doux, légère haleine
　　Vont vous flatter,
Feuilles; puis vient l'aquilon dans la plaine
　　Vous emporter!
—Ame, le vent t'emportera comme elles,
　　Quand tout un jour
Quelques zéphyrs t'auront fait sous leurs ailes
　　Frémir d'amour!...

Novembre 1845.

LE CHARDONNERET.

—

> For he ne'er could be true the over'd
> Who could rob a poor birds of its young.
>
> SHENSTONE.

> Un oiseau n'a-t-il pas sa mère, une famille?
>
> Mme Hermance SANDRIN.

Enfant, vous avez donc un beau chardonneret
Qui tourne à chaque instant sa tête blanche et brune,
Dont le ventre est couleur de soleil et de lune,
    Et qu'on a pris au trébuchet?

Ne le tourmentez pas ; vous savez qu'il babille ;
A ses petits amis bien vite il le dirait,
Et quand vous passeriez, chaque oiseau vous crierait :
    La vilaine petite fille!

Et pourtant, ce nom-là, vous l'auriez mérité!
Car, allez, ce serait bien laid d'être cruelle!
Mais vous ne l'êtes pas, et l'on vous dit : ma belle
    A cause de votre bonté.

Laissez donc votre oiseau retourner au bocage,
Si vous voulez qu'il joue, et qu'il vive long-temps,
Et ne puisse oublier tous ses plus jolis chants ;
     Oh! ne le mettez pas en cage !

Si l'on vous enfermait, vous, dans une prison
De barreaux entourée, étroite, toute nue,
Silencieuse, et d'où vous n'auriez pas la vue
     Du plus petit brin de gazon ;

Que vous seriez à plaindre! Hélas! ma pauvre Estelle
Vous n'iriez plus courir après les feux follets,
Ni danser au milieu du trèfle et des bleuets,
     Comme une jeune sauterelle !

Vous n'iriez plus chercher ni les cailloux charmants
De la grotte où l'eau filtre en perles, goutte à goutte,
Ni les vers qui, le soir, aux berges de la route
     Brillent comme des diamants!

Vous ne chasseriez plus la verte luciole
Qui s'échappe à travers des touffes de lilas,
Quand vous la poursuivez, faisant de petits pas,
     Ou bien courant comme une folle!

Plus de longs ricochets ridant les eaux du lac !
Plus de camélias qu'on entoure de mousse ;
Plus de petits goûters sur l'herbe verte et douce
     A l'ombre de votre sumac !

Et plus de joncs moelleux pour tresser la corbeille
Qu'on suspend au cou blanc d'une chèvre au poil fin ;
Vous ne pourriez rêver aux jeux du lendemain,
    Pas plus qu'aux plaisirs de la veille !

S'il vous plaît de jouer comme un petit lutin,
D'admirer dans les flots les coquettes dorades,
Et de couper des fleurs pour faire des torsades
    Avec leurs manteaux de satin ;

Votre oiseau, lui, se plaît à voler dans les plaines,
A choisir dans les bois les plus riants séjours,
A flatter en passant les habits de velours
    Des mauves et des marjolaines !

Et puis, ma pauvre enfant, songez qu'il peut avoir
Sa mère qui l'attend inquiète ; sa mère,
Qui le cherche, l'appelle, et qui se désespère,
    Tremblant de ne plus le revoir !...

Rendez votre captif au soleil, à la vie,
Pour qu'auprès de sa mère il aille gazouiller ;
Cher ange, posez-le sur votre groseiller
    Pour qu'il retourne à la prairie !

Faites-le s'envoler de dessus l'arbrisseau.
Parlant avec bonheur sa langue musicale,
Il mêlera ses chants au chant de la cigale,
Et vous serez gentille autant que votre oiseau !

MATIN.

—

Partout une magnificence divine éclate aux regards.

LE CORAN.

Un matin pur fait naître au cœur qui pense
Des voluptés qu'il ne peut définir.

Alph. LEFLAGUAIS.

La campagne était jeune ; elle était fraîche et rose.
Courtisant cette reine à son premier réveil,
Des rayons argentés, les courriers du soleil,
Saluaient la beauté de sa métamorphose ;
Et, pour illuminer les songes du matin,
Ils éclipsaient aux cieux la lumière stellaire,
Et perçaient doucement l'ombre crépusculaire
    De leur éclat diamantin.
J'étais là, seul, debout auprès d'un vert mélèze ;

Mon regard confondait la terre avec les cieux,
Tandis qu'un flot marin qui rampait sous mes yeux,
Léchait les pieds géants d'une haute falaise.
Et mon âme riait, car c'était le printemps!
— Auprès de la fontaine, un vase sur la hanche,
Une vierge chantait : « Aimons! c'en est le temps!
« La clématite a mis sa robe verte et blanche! »

Alors l'astre échauffant comme un regard de femme,
Orgueilleux comme un roi, bienfaisant comme un dieu,
Parut, plein de lueurs comme un grand lac de feu
Où viendraient se jeter mille ruisseaux de flamme!
Trois nuages d'argent, frangés d'azur et d'or,
Le portaient lentement vers le haut empyrée :
Il dardait les éclairs de sa sphère pourprée
Dans le flot miroitant qui sommeillait encor.
Les rayons se jouaient gaîment dans la vallée;
Pour plaire au soleil, roi dont ils étaient la cour,
Ils prodiguaient chaleur, caresses, vie, amour,
  A l'églantine immaculée!
Et mon âme riait, car c'était le printemps!
— Auprès de la fontaine, un vase sur la hanche,
La vierge rechantait : « Aimons! c'en est le temps'
« La clématite a mis sa robe verte et blanche! »

Tout m'apparaissait grand comme un esprit sublime,
Charmant et frais autant que jeunesse et beauté,
Mélancolique aussi comme l'aure d'été
Qui baise également et caresse la cime

De l'orme chevelu, protecteur de l'amour,
Du saule qui se penche et pleure sur les tombes,
Et du peuplier svelte où dorment les palombes,
Car l'aure aime la vie et la mort tour-à-tour !
De perles et de fleurs la campagne émaillée,
Fière de sa beauté, belle de sa fraicheur,
Avait le doux sourire et l'aimable pudeur
    D'une nouvelle mariée !
Et mon âme riait, car c'était le printemps !
— Auprès de la fontaine, un vase sur la hanche,
La vierge rechantait : « Aimons ! c'en est le temps !
« La clématite a mis sa robe verte et blanche ! »

Et puis, j'écoutais tout : cris joyeux d'hirondelles
Oubliant de l'exil les ennuis trop pesants,
Plaintes des flots spumeux fendus par les brisants,
    Bruit cadencé des cascatelles ;
Soupirs aériens de ceux qui ne sont plus,
Bégaiements de l'écho des dunes sablonneuses,
Légers bruissements des feuilles amoureuses,
Et l'immense concert qui, murmurant, confus,
Monte comme un encens au-dessus de la terre,
Ce temple qu'à lui-même un jour s'est bâti Dieu !
Je recueillais ces bruits vagues comme un aveu,
Doux comme un chant d'amour, saints comme une prière !
Et mon âme riait, car c'était le printemps !
— Auprès de la fontaine, un vase sur la hanche,
La vierge rechantait : « Aimons ! c'en est le temps !
« La clématite a mis sa robe verte et blanche !

Du ramier qui dans l'air s'élevait en spirale
Ainsi que mon esprit, j'abaissais mes regards
Sur le fleuve où nageaient de jeunes nénuphars ;
Et devant ces splendeurs, féerie orientale,
Je vivais à la fois par l'âme et par les yeux ;
Dans le ravissement d'un silence extatique,
Du monde j'admirais la coupole magique
  Que l'homme a prise pour les Cieux !
Et dans moi résonnait une chaste viole,
Prélude intérieur et d'amour et d'espoir,
Cent fois plus ravissant qu'à Venise, le soir,
Le chant de volupté qui meurt dans la gondole !
Et mon âme riait, car c'était le printemps !
— La jeune fille, avec son urne sur la hanche,
En s'en allant chantait : « Aimons ! c'en est le temps !
« La clématite a mis sa robe verte et blanche ! »

1845.

ENTHOUSIASME.

A monsieur Alph. de Lamartine.

—

> Tu te fais un chemin à l'immortalité.
>> REGNIER.

> Lamartine régna. Chantre ailé qui soupire,
> Il planait sans effort.
>> SAINTE-BEUVE.

> Lamartine adorait sa mère.
>> CHAPUYS-MONTLAVILLE.

Homme quatre fois grand, barde des temps nouveaux,
Un sublime poème, allez, c'est votre vie !
O maître, à vous la gloire, une gloire infinie !
Car c'est vous qui cueillez à l'arbre du génie
　　Tous les fruits les plus beaux !

Gloire au barde inspiré dont le chant fait revivre
Et qui nous ouvre à tous son âme comme un livre !
Gloire à lui ! sa chaleur a fondu notre givre
Et sa lueur céleste éclaire l'avenir !
Dans nos cœurs desséchés il fait monter la sève,
Change notre insomnie en sympathique rêve
Et console si bien qu'un jour meilleur se lève
Entre les maux soufferts et les maux à souffrir !
C'est la source d'eau pure où l'on se désaltère,
C'est le flot baptismal qui lave et régénère,
Par lui l'âme s'éveille, aime, s'épure, espère,
Et plus haut que le monde élève son désir !

Suivant toujours sa pente et côtoyant ses rives
Le fleuve aux flots amers va mêler ses eaux vives ;
Et vous lui ressemblez, barde religieux ;
Car vos cantiques saints se heurtent aux systèmes,
Car vos hymnes d'amour se mêlent aux blasphêmes,
Car le siècle est impie et vos chants sont pieux !
Quand la foi dans les cœurs n'a plus rien qu'un suaire,
Vous êtes demeuré pour elle un sanctuaire
Digne en tout d'abriter cette fille des Cieux !

La vérité flotte et surnage
Au sein d'un océan d'erreurs,
Et maintenant blanche est la page
Qu'elle remplissait dans nos cœurs.

De notre foi la terre est lasse ;
La génération qui passe
La regarde en paix s'en aller ;
Le fossoyeur grattant sa pelle
Siffle sur la tombe nouvelle
Que ses mains viennent de combler !

Hélas! il est trop vrai : la foule
S'adore elle-même partout ;
Quand le temple de Dieu s'écroule,
Les idoles restent debout !
Mais cette croyance exilée
Dans votre cœur s'est envolée
Afin de s'y réfugier ;
Et la multitude semblable
A l'homme qu'un malheur accable,
S'enivre en vain pour l'oublier !

En vain, car de votre parole
L'écho, sans qu'il soit affaibli,
De l'oreille à l'oreille vole
Pour tirer les Cieux de l'oubli !
En nous montrant le cœur des femmes,
La mer où se choquent les lames,
Et puis le couchant tout en feu,
Votre verbe vient nous apprendre
Que l'homme à demi peut comprendre
Dieu par l'amour, l'amour par Dieu !

Le monde a ses dieux d'or et de chair. Mais qu'importe ?
Livrez toujours vos chants au vent qui les apporte,
Ressuscitez l'esprit où l'espérance est morte,
De poétiques fleurs parsemez nos chemins ;
Chantez la solitude à l'âme délaissée ;
Récrivez, ô songeur, avec votre pensée
Au livre de nos cœurs chaque lettre effacée ;
Lyre, vibrez pour tous, et nous battrons des mains !
Elle est belle, la part que le Ciel vous a faite !
Que gloire soit à vous, homme ! à vous, ô poète
A vous, ô pèlerin ! à vous, ô noble athlète !
A vous, le plus divin de tous les dieux humains !

Décembre 1845.

CRI DE L'AME.

—

Le temps de l'Arabie est venu.

MAHOMET.

L'amour, la liberté, dieux qui ne mourront pas.

LAMARTINE.

Aimons, âmes, mes sœurs ! aimons ! la loi suprême
Nous a donné l'amour pour nous rendre meilleurs,
Pour combattre le mal et rafraîchir les cœurs ;
On périt par la haine, et l'on vit quand on aime !

Oui, les temps vont venir ! Si les âmes ont faim
Du fraternel amour que le poète appelle,
Si tous sont conviés à l'agape nouvelle,
Prenons tous une place aux tables du festin !

Ainsi qu'une colombe, après les temps contraires
L'amour apporte à l'arche un rameau d'olivier ;
Joint le Ciel à la terre, et l'âme au monde entier,
Unit Christ avec l'homme et l'homme avec ses frères !

L'homme qui va trop loin souvent perd en chemin
Espoir, beauté, parfum, toute sa poésie !
Mais s'il s'arrête, pleure et demande un messie,
Oh ! l'amour vient à lui, car l'amour est divin !

L'amour, c'est un Esprit de là-haut ! c'est un Ange !
C'est une Vertu, car il est clément et bon !
Entre le crime et nous il a mis le pardon,
Pour que nous ne soyons qu'une seule phalange !

Roi dont la fille aînée a nom la Liberté,
L'amour étend son sceptre, ô femmes et poètes !
Au banquet des esprits ne perdons pas les miettes
Pour que tous aient leur part dans la société !

Hommes, lesquels de vous se lèveront apôtres,
Épaule contre épaule, et la main dans la main,
Pour crier le grand mot du saint galiléen :
     « Aimez-vous tous les uns les autres ! »

     Décembre 1843.

VINGTIÈME ANNÉE.

———◆◆◈◆◆◈◆◆———

Il me semblait ouïr une voix sybilline
Qui murmurait aussi : « L'avenir est à toi ;
« La poésie est reine ; enfant tu seras roi ! »

Hégesippe MOREAU.

A neglectu inspirationum tuarum,
Libera nos.

LITANIES.

ARRIVÉE A PARIS.

—

Paris est grand, Paris est magnifique
   Avec ses nobles monuments!
C'est une belle et vaste mosaïque,
   C'est la ville aux étonnements!
Là tout surprend, tout ravit, tout enchante,
   Tout charme l'œil admirateur;
   Mais lorsqu'on admire et qu'on chante,
Moi je n'ai pas où reposer mon cœur !

C'est là que l'or opère ses miracles
  Et change en maîtres les valets;
La mode y fait respecter ses oracles
  Et la beauté s'y vend aux laids.
Le luxe y trône auprès de l'indigence,
  Mais qu'importe tant de splendeur?
  Que me fait la magnificence?
Moi je n'ai pas où reposer mon cœur!

A ma douleur une jeunesse folle
  Montre le chemin des plaisirs.
Pour eux la vie est riante et s'envole
  Aussi vite que leurs désirs.
La joie humaine est leur fidèle hôtesse,
  Et leur temps coule sans labeur,
  Mais à moi deuil, crainte et tristesse,
Car je n'ai pas où reposer mon cœur!

Autour de moi souvent la beauté sème
  Roses d'amour, fleurs de Paphos;
Mais vous, baisers, qui dites que l'on aime,
  Murmures du soir, doux propos,
Soupirs de feu que le nom d'une femme
  Tire d'un sein rempli d'ardeur,
  Vous n'êtes pas pour ma pauvre âme,
Et je n'ai pas où reposer mon cœur!

Février 1844.

UN PETIT ENFANT A SON PÈRE.

Si j'étais, ô mon père, assez grand pour te dire
Avec de jolis mots et bien éloquemment,
Ce qu'à mon cœur charmé cette journée inspire
D'amitié, d'espérance et de contentement,
Je te prodiguerais les plus belles paroles
Et des noms les plus doux je voudrais te nommer,
Mais je suis bien petit, hélas! et les écoles
Ne m'ont encore appris qu'à lire et qu'à t'aimer !

Juin 1844.

ZAÏDA.

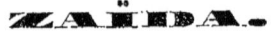

Votre front est si pur qu'on y lirait votre âme.
Mᵐᵉ MENESSIER-NODIER.

Rose du Paradis, baume plein de fraîcheur!
Aug. BARBIER.

Rien d'impur n'a terni votre pureté d'ange!
A. DUMAINE.

Votre âme, belle enfant, c'est une sensitive
Qu'une eau vive
Arrose tout doucement,
Et qu'un tiède rayon de l'aube au soir caresse,
Plein d'ivresse
Et tout amoureusement;

Fleur dont par tous les vents la feuille parfumée
        Est aimée,
     Ne sachant vers qui pencher ;
Et qui, faible et pauvrette, avec mélancolie,
        Se replie
     Alors qu'on veut la toucher !

Oh ! voilez-vous toujours ! car ce n'est pas vous-même
        Que l'on aime,
     Ce n'est que la volupté !
Dieu, qui fit la beauté pour la fleur et la femme,
        Fit, jeune âme,
     La pudeur pour la beauté !

Juin 1844.

PENSÉE DU SOIR.

—

> Qu'une hutte avec Atala, sur ces bords, eut
> rendu ma vie heureuse!
>> CHATEAUBRIAND.

> Ma rose enchantée, viens que je te respire!
>> Gustave DROUINEAU.

. . . .

Oh! que l'existence est mauvaise,
Jetée au vent de tout plaisir!
Que notre cœur est mal à l'aise,
Dès qu'il commence à s'attiédir
Et quand la satiété pèse
Comme un poids sur notre avenir!

Mais lorsque la vie est un livre
Dont chaque page tour-à-tour
Se lit tout bas, et nous enivre
Ainsi qu'un doux filtre d'amour :
Qu'il est bon de se sentir vivre
Heure par heure et jour par jour!

Dans mon âme, que ton nom guide,
Il ne ferait plus jamais nuit,
Si j'avais une thébaïde
Pour vivre de toi, loin du bruit :
La gloire laisse le cœur vide,
Mais un peu d'amour le remplit.

Aime donc et puis sois aimée !
Pour être heureux isolons-nous ;
Que m'importe la renommée,
Pourvu que loin des yeux jaloux
Je puisse, à l'heure accoutumée,
Poser mon front sur tes genoux !

Septembre 1844.

A Madame J. L.

La femme vit et meurt en soutenant nos pas ;
Le vrai bonheur n'est point où la femme n'est pas.

Hip. VIOLEAU.

Il était temps ; je succombais
Sans vous, mon appui tutélaire.

Jules HOCÉDÉ.

. . . .

Et si parfois ton jeune cœur soupire,
Songe qu'il est un Dieu consolateur.
— Ce Dieu, crois-moi, fera briller l'étoile,
Ange inconnu qui veille à ton destin,
Et le génie, en dirigeant ta voile,
Protégera ton esquif incertain.
. . . .

Mme Juliette LORMEAU.

I.

Dans le Ciel et dans moi tout plein de confiance,
Riche encor de jeunesse et d'inexpérience,
N'écoutant que la voix de ces illusions
Qui toujours dans nos cœurs, musique harmonieuse,
Chantent pour effacer la ride soucieuse

Dont notre front se plisse au vent des passions,
Je m'étais fait, jouant avec ma fantaisie,
Un monde tout de fleurs, d'ambre et de poésie....
  Folles imaginations !

Sans qu'un ange, une fée, un céleste génie
Ne m'ait dans les sentiers d'une route aplanie
  Conduit doucement par la main,
Ni qu'une étoile d'or, en mon ciel sans nuage,
Ne m'ait, de ses lueurs éclairant mon voyage,
  Guidé vers un terme certain,
Je partis : mais conduit par une ombre divine,
Je croyais voir toujours de colline en colline
  L'espoir sauter sur mon chemin !

Et, comme si, plutôt qu'une indigne fumée,
L'immense affection d'une famille aimée
  Ne pouvait pas remplir le cœur !
J'ai tout abandonné pour vous, bruit, foule, espace,
Tout pour toi seul, Paris ! — Et la foule qui passe
N'a pourtant qu'un œil froid et qu'un rire moqueur !

A peine ai-je paru dans la publique arène
Où luttent ces talents qu'un instinct vague entraîne
Qu'il m'a fallu comprendre, ô Dieu soutenez-moi !
Que la honte et la mort après chaque bataille
Attendent l'imprudent qui n'est pas de la taille
  Des joûteurs de ce grand tournoi !

Et que tout me manquait, la fanfare guerrière
Annonçant le lutteur qui franchit la barrière,
Les cris encourageants de mille spectateurs,
Puis une dame enfin dont le sourire exhorte,
Dont la pensée élève et rend l'âme plus forte,
Et qui suit du regard le chevalier qui porte,
Sur écusson brodé, son chiffre et ses couleurs!

D'ailleurs voyant partout un désolant mélange,
Amertume en amour, sous les fleurs cendre et fange,
    Et dans la foule isolément;
Trouvant l'indifférence à chaque porte assise,
Comme un fil de métal qui sous l'archet se brise,
Ma pauvre âme n'eut plus rien qu'un gémissement!
Alors, pleurant vers Dieu, le seul qui nous écoute,
Je lui dis : « Vous avez la lumière, le doute
« Et la mort; ô Seigneur! illuminez ma route,
« Ou bien accordez-moi l'anéantissement! »

II.

Dieu, par qui la prière est souvent exaucée,
A fait germer en vous cette bonne pensée
De venir à mon cœur tout doucement parler :
Quand, las de ses efforts et de son impuissance,
L'homme enfin jette un cri de rage et de souffrance,
    La femme est là pour consoler!

La femme, qui si bien sait comprendre nos peines!
Qui, tout en partageant les misères humaines,

A toutes les douleurs est un asile ouvert!
Foyer d'amour qui rend notre âme confiante!
Abri contre l'orage! oasis verdoyante
    Au milieu de notre désert!

Toi qui mêles ta voix aux voix harmonieuses,
Lyre, qui fais voler tes notes gracieuses
Au-dessus des clameurs de l'immense Paris,
Tu m'as dit : « Si jamais ta barque fait naufrage,
« Retrouve au moins parmi les sables du rivage
    « L'espoir au nombre des débris!

« S'il se dit sans espoir, le poète blasphème!
« La douleur est le sceau du génie, un baptême
« Qui le sacre seul roi, qui le fait glorieux!
« Ne désespère pas : l'espérance est si bonne!
« Oh! que ton œil se lève et que ton front rayonne!
« Peut-être que pour toi brille une étoile aux cieux! »

ENVOI.

Pour que je puisse croire à ma brillante étoile,
A cet — Ange inconnu qui veille à mon destin, —
S'ils pouvaient un instant m'apparaître sans voile,
En prenant pour moi seul quelque visage humain!

Jeune femme, tu dis qu'un astre enfin se lève
Qui toujours désormais marchera devant moi ?
Dis aussi, veux-tu pas que, faisant un beau rêve,
Je voie un peu mon ange et mon étoile en toi ?

Que je prête ta forme à mon astre fidèle,
Et puis à l'ange assis toujours à mes côtés ?
Cette illusion-là serait si naturelle !
Comme un ange gardien n'es-tu pas douce et belle,
Et d'une étoile aussi n'as-tu pas les clartés ?

27 Août 1844.

IMPROVISATION.

A une Dame qui s'occupait de Recherches historiques.

—

> Que le soin de charmer
> Soit votre unique affaire ;
> Songez que l'art d'aimer
> N'est que celui de plaire.
>
> J.-B. ROUSSEAU.

Si des siècles passés l'étude a su, Madame,
      Vous charmer ,
Donnez-lui votre esprit, bien, mais gardez votre âme
      Pour aimer. .

Les femmes qui n'ont rien de l'ange où du poëte
      A semer ,
Se tournent vers l'esprit ; mais vous , vous êtes faite
      Pour aimer !

N'allez-pas , d'in-quartos jaunis par la poussière
      Vous armer ;
Le cœur plus que l'esprit va haut ; la grande affaire
      Est d'aimer !

HEURE DE CRISE.

—

Nunc et amara dies et noctis amarior umbra.
TIBULLE.

Oui, vous auriez pitié de l'état de son âme!
MOLIÈRE.

Avoir vu tous ses biens, tous, pures espérances,
Folles illusions, chastes rêves, croyances,
Au souffle desséchant de ce vent des souffrances,
Feuille à feuille tomber des rameaux encor verts!
N'approcher que du fiel de ses lèvres de barde,
Ne voir plus pour clartés qu'une lueur blafarde,
Dans la crainte des maux qu'un noir avenir garde,
Trouver jusqu'à l'oubli des derniers maux soufferts!

Après le temps mauvais, voir arriver le pire,
Après avoir brisé son cœur, briser sa lyre!
Compter, sans voir jamais une bouche sourire,

La souffrance par mois, le calme par instants !
Amonceler au fond de l'âme déjà pleine
La peine sur l'ennui, le dégoût sur la peine !
De chaque jour luisant que le soleil amène
Hélas ! désespérer ! — et n'avoir pas vingt ans !...

Pas vingt ans, et personne à qui la voix traduise
Les mouvements du cœur ! Personne à qui l'on dise,
Alors que notre tête est brûlante et se brise :
« Laisse-moi m'appuyer la tête sur ton sein ! »
Trouver partout la vie aride et rebutante !
Étouffer tous les cris de l'âme sanglotante !
Chercher à ce supplice un terme, et, dans l'attente,
Se dire chaque soir : sera-ce pour demain !...

— Il est de ces moments d'étrange paroxysme
Où plongé dans la nuit d'un effrayant mutisme,
Pour mieux gémir, on crie ! où l'on jette le prisme
Pour contempler enfin les objets tels qu'ils sont !
Où quand on voit de près l'existence réelle
Que notre illusion avait faite si belle,
Plein de trouble et de honte, on pâlit, on chancelle
Comme un homme qui vient de subir un affront !

— Puis il est des moments de sombre frénésie !
Alors chaque parole est une apostasie !
On maudit ses espoirs, l'ange de poésie,

Et la gloire, et l'amour, tout ce qui vient de Dieu !
Aux lèvres la douleur arrache le blasphème !
A ce qu'on adorait on jette l'anathême :
On souffre au souvenir de tous ceux que l'on aime,
Puis, en joignant les mains, on leur murmure : Adieu !

C'est alors que l'esprit, épuisé, taciturne,
S'abreuve de tristesse et la boit à pleine urne,
Ou que, trouvant le jour amer, l'ombre nocturne
Encore plus, il rit, mais du rire des fous !
C'est alors que cherchant à partir avant l'heure,
L'âme tombe éperdue et froide en sa demeure,
Et que dans sa prison nous l'entendons qui pleure
Impuissante qu'elle est à briser ses verroux !

Oh c'est affreux ! — Souvent je trouve désirable
De vivre seul au fond d'un grand désert de sable !
Le front dans mes deux mains, accoudé sur ma table,
Je veille, ardent et sombre, à méditer ainsi.
Et, plus triste qu'une âme errante aux gémonies,
J'aime que la cloche ait, durant mes insomnies,
A tinter sourdement une ou deux agonies,
Car, pour ceux qui s'en vont, à Dieu je dis : Merci !

19 octobre 1844.

DEMAIN.

—

J'ai l'espérance
Qui des biens qu'on n'a pas dissimule l'absence.

Mlle Julia MICHEL.

Je me meurs d'espérance ;
J'ai besoin de prier pour vivre jusqu'au jour.

Alfred DE MUSSET.

Demain ! quelle folle ivresse !
Demain je pourrai m'asseoir
A son foyer d'où l'espoir
S'envole vers nous le soir,
Sur l'aile d'une caresse !

Demain je recueillerai
Sa douce voix qui console
Et l'angélique parole
Qu'à l'esprit qui se désole
A mon tour je porterai ;

J'appellerai sur ma lyre
Son souffle mystérieux :
Le poète chante mieux
Quand l'esprit lui vient des Cieux
Sous la forme d'un sourire !

Demain j'irai dans son ciel
En Éden changer la terre,
Le réel triste en chimère,
Mon ombre en clarté légère,
Et mon amertume en miel !

Je reprendrai mon beau rêve
Tant de fois recommencé
Au point où je l'ai laissé ;
Par pitié pour le passé
Voudra-t-elle qu'il s'achève ?

Au crépuscule demain
Que de fleurs seront écloses !
Gais sourires, fraîches roses,
Doux regards, charmantes choses,
Elle en a tout un jardin !

Mais je ne pourrai peut-être,
Haletant d'émotion,
Étouffer la passion
Que de ses yeux un rayon
Dans mon âme aura fait naître !

Oh ! demain pourrai-je avoir
Ces bourdonnements d'abeille,
Ces mots dont on s'émerveille
Et qu'on dit bas à l'oreille
Quand le jour se change en soir ?

Trouverai-je ces paroles
Timides à préluder,
Éloquentes à plaider,
Bonnes à persuader
Avec leurs cadences folles ?

Pourrai-je lui dire un peu :
« Si vous savez bien, Madame,
« Lire des lettres de flamme,
« Épelez dans ma jeune âme,
« Livre écrit avec du feu.

« Mais ne tournez pas la page
« De ce livre jusqu'au bout
« Gravé de même partout ;
« Un nom seul s'y tient debout,
« Arc-en-ciel après l'orage !

« Nom radieux, enchanteur,
« Nom qui fait que mes pensées,
« Gerbes d'amour élancées,
« S'en retournent en rosées
« Au génie inspirateur !

« O bien belle, soyez bonne!

« A l'esprit donnez pitié,

« A l'âme un peu d'amitié,

« Au cœur donnez à moitié

« Votre amour.... c'est une aumône!

« Aimer c'est vivre. Du jour

« Pourquoi fuirait-on les flammes?

« Pourquoi si près de vous, femmes,

« Dans les plus petites âmes

« Dieu met-il donc tant d'amour?

« — Vous qui fûtes l'étincelle,

« Cause de l'embrâsement,

« Dans la fournaise un moment

« Ne jetez plus d'aliment,

« Ou bien brûlez avec elle!

« Plains ce pauvre cœur brisé

« Dès la première secousse,

« Et sois-lui, femme, assez douce,

« Pour verdir d'un peu de mousse

« L'abyme par toi creusé! »

— Demain je veux ainsi dire,

Mais en vain : les beaux discours

Trop tard nous viennent toujours;

Le cœur devant ses amours

Quand il veut parler, soupire!

Pourtant puisses-tu fleurir,
O bonheur, qui trop d'avance
As peut-être pris naissance
Sous l'aile de l'espérance,
Et vivre de souvenir !

. . . .
. . . .

Silence ! voici l'aurore :
Mon demain n'existe plus !
Les instants sont révolus !
Mon cœur, voici l'angelus,
Et ta joie est près d'éclore !

23-24 Octobre 1844.

Métamorphoses.

Paroles et regard, tout est charme dans vous.
LA FONTAINE.

Pour vous chanter j'ai ma lyre,
Un cœur pour vous adorer.
DUCIS.

Afin d'écarter sans peine,
    O ma reine,
Cette gaze de ta peau,
Pour mêler ma chaude haleine
    A la tienne,
Je voudrais être un oiseau,

A qui ta main tant blanchette
    Émiette
Chaque jour le pain nouveau,
Qui chante comme un poète,
    Et se mette
Sur ton petit doigt si beau !

Je voudrais être, ô ma belle,,
    L'hirondelle
Qui voltige autour de toi,
Ou bien le vent qui sans cesse
    Te caresse
Sans t'aimer autant que moi !

Ou le rayon qui s'arrête
    Sur ta tête
Et s'en retourne joyeux ;
Ou, quand à voler aux fêtes
    Tu t'apprêtes,
Être un miroir pour tes yeux !

Je voudrais être la rose
    Que l'on pose
Pour le bal dans tes cheveux ;
Ou bien sans métamorphose,
    Autre chose....
Oh ! dis-moi si tu le veux ?

25 Octobre 1844.

A MES PETITS VERS.

—

Maistresse, en attendant le bien de te reuoir,
Pour gage de mon cœur tu pourras receuoir
Ces vers que de sa main Amour mesme te porte ;
En escriuant de toy mon cœur se réconforte.

RONSARD.

Volez vers elle,
Troupe rebelle,
O petits vers
Surtout de celle
Qui vous appelle
Soyez bien fiers!
Elle est si belle!
C'est Philomèle
Qui renouvelle
Tous ses concerts!
C'est la gazelle

Dont la prunelle
A des éclairs !
Volez vers elle,
Volez mes vers!

Si quelque voix, mais j'en doute,
Chantait à chacun de vous :
« Petit vers, écoute, écoute !
« Ris un moment avec nous,
« Et tu boiras, goutte à goutte,
« Tous les plaisirs les plus doux ! »
Ne quittez pas votre route ;
Petits vers, vous seriez fous!

Et si le zéphire,
Voulant vous tenter,
Venait à vous dire :
« Pourquoi vous hâter ?
« Quel désir vous presse ?
« N'ai-je pas ici
« Charmante caresse
« Et baisers aussi ? »
Répondez ainsi :
« De la gente reine
« Dont l'amour nous mène
« Plus douce est l'haleine
« Même que la tienne !
« Zéphyre, merci ! »

Et surtout qu'il ne soit ni réséda, ni rose,

  Ni lilas, ni jasmin,

  Aucune fleur enfin

  Où, dans votre chemin,

Avec les papillons votre désir se pose!

  Petits vers, à la fin,

  Vous aurez quelque chose,

Plus frais et plus charmant que les fleurs du matin!

  Allez vite; prenez des ailes

  Comme en ont les petits amours;

  A mes avis soyez fidèles;

  Mes petits vers, volez toujours.

  Mais si vous trouvez une femme

  En qui tout soit harmonieux,

  Si quelque chose comme une âme

  Semble descendre de ses yeux,

  Si vous voyez comme une flamme

  Qui voltige sur ses cheveux;

  Si, plus pâle qu'une pervenche,

  Son front languissamment se penche,

  Arrêtez-vous, petits, c'est là;

  De peur qu'elle ne vous repousse

  Prenez votre voix la plus douce,

  Et murmurez-lui : « Nous voilà!

« Vers vous, Madame, on nous envoie ;

« Pitié pour les nouveaux-venus ;

« Nous sommes sans rire et sans joie.

« Nous avons froid, nous sommes nus ;

« Mais nous prions de si bonne âme

« Que vous pourriez très-bien, Madame,

« Nous réchauffer sur vos genoux,

« Et de vos longs regards de flamme,

« Pauvres petits, nous vêtir tous ! »

Mais n'allez pas au moins dire quelque folie !
        Ou plutôt, ne dites rien.
Elle qui, tout ensemble, est bonne et très-jolie,
Sans que vous l'en priiez, vous accueillera bien !

            Allez ! de celle
            Qui vous appelle,
            Soyez bien fiers !
            Elle est si belle !
            Volez vers elle,
            Mes petits vers !

30 Octobre 1844.

Sur l'Album de Mademoiselle Léonie L.......

—

Trop tôt hélas! le temps de tes jeunes années
Viendra d'un vol rapide effacer les beaux jours :
Tu les verras passer comme ces fleurs fanées
Que l'onde entraîne dans ton cours.

Mme Juliette LORMEAU.

Quand tu flattes Minette ou manges des pastilles,
T'arrive-t-il, ainsi qu'à bien des jeunes filles,
De sentir tout-à-coup ton petit front songeur ?
D'appeler, en fermant les yeux, ces rêveries
Qui font avec soi-même avoir des causeries ?
Et ne trouves-tu pas ces désirs dans ton cœur :

« Oh ! que j'aurais de joie au fond de l'âme,
« Si, belle et riche, avec un nom ducal,
« Je devenais tout-à-fait une dame,
« Qu'un long regard admirateur proclame
         « La fleur du bal !

« Oh! quel bonheur si j'étais une reine,

« A qui jamais on ne dit : je le veux!

« Qui, chaque soir, peut avoir la main pleine

« De diamants, chapelet qu'on égrène

      « Dans ses cheveux!

« Ou quelque fée angélique et bien douce,

« Pour consoler petite Cendrillon,

« Pour voyager sur un beau brin de mousse,

« Que dans les airs traînerait sans secousse

      « Un papillon! »

— Va, le bandeau royal, la magique baguette,

Et l'encens dont s'enivre une beauté coquette,

Ne valent pas, enfant, crois-moi, tout ton bonheur!

Toi, tu n'as pas encor besoin de l'espérance!

Pour trésors n'as-tu pas treize ans, l'insouciance,

La liberté d'esprit et le calme du cœur?

4 Novembre 1844.

SONNET.

—

> Vainement la matière étend sur moi ses voiles,
> D'ici-bas j'entrevois les Cieux.
>
> J.-N. MORELLET.

> Les âmes tendres et délicates sentent les besoins
> du cœur plus qu'on ne sent les autres nécessités
> de la vie.
>
> Marquise DE LAMBERT.

Au besoin d'adorer l'âme humaine asservie
Balance des parfums ainsi que l'encensoir ;
Elle veut une idole, un culte qui la lie
Aux cœurs grands par l'amour ou grands par le savoir !

Aussi quand la nuit vient, de fantômes suivie,
Quand les enfants tout haut disent l'Ave du soir,
Lorsque, feuille arrachée à l'arbre de ma vie,
Un jour s'est envolé sans crainte et sans espoir,

Quand ma lampe pâlit et que ma veille est faite,
Je recueille mon être, et ma lèvre muette
Baise le front du Christ avec timidité,

Puis un portrait de femme et l'œuvre d'un poète ;
Car il est deux rayons qu'ici bas Dieu projette,
Et dont les noms humains sont génie et beauté !

18 Décembre 1844.

LE DERNIER AMI.

A son auteur, monsieur Alophe.

———

> Je pleure quand j'y pense et mon âme se fend!
>
> Jules LACROIX.

> Ah! c'est un tableau triste et qui toujours étonne.
>
> Amédée POMMIER.

De pareilles douleurs que le destin nous garde!
Couché sur un grabat, dans sa froide mansarde,
L'artiste allait périr, du monde rejeté;
Tous les déchirements d'une horrible agonie
Le torturaient : hélas! il mourait de génie,
    C'est-à-dire de pauvreté!

Les hommes inspirés, sculpteur, peintre et poète,
Interprètes sacrés du langage de Dieu,
Meurent, le corps brûlé par leur âme de feu,
Quand il faut que leur vie à prix d'argent s'achète.

Comme à le voir on sent tout son cœur se serrer !
Oh ! sur le seuil poudreux de sa porte brisée
Qu'ils ne s'arrêtent pas ceux dont l'âme est bronzée,
　　Ceux qui veulent ne pas pleurer !

Sans haine et sans mépris pour les hommes, ses frères,
Jetant à sa patrie un suprême pardon,
Et se trouvant grandi de ses propres misères,
Il meurt de froid, de faim, de dégoût, d'abandon !
Il meurt, sans qu'une mère à son chevet assise
De larmes et d'amour inonde ses douleurs,
Et lui dise : « Je veux, à ton destin soumise,
Respirer si tu vis, m'éteindre si tu meurs ! »

Sans qu'une bien-aimée, un ange au cœur de femme,
Lui murmure ces mots qui nous font tressaillir,
Et, dans un long baiser enveloppant son âme,
Retienne cette vie, hélas ! prête à partir !
Sans lévite pieux dont l'ardente prière
Aux Cieux porte son nom, et qui l'exhorte ainsi :
« Mon frère, ayez courage ; à son heure dernière,
Jésus-Christ, fils de Dieu, se trouva seul aussi ! »

Il a vu tant de cœurs vendre sa confiance,
Tant de honte applaudie et d'honneur immolé,
Qu'il s'en va sans regrets, sans espoir, sans croyance,
Superbe, indifférent, sceptique, inconsolé !
La vie après la mort n'est pour lui qu'un peut-être,
Car le doute s'assied à côté du malheur,
Et fait qu'on ne sait pas s'il vaut mieux de renaître
Ou de dormir toujours sans joie et sans douleur !

Dans ce monde, son âme a secoué son aile
Sans trouver rien de bon, de pur, de vrai ! non, rien !
Si ce n'est cependant l'attachement fidèle
Que dans les jours mauvais a conservé son chien,
Son chien au cœur duquel germe la pitié sainte
Comme un grain de froment dans un champ dévasté,
Seul ami dont l'oreille ait recueilli sa plainte,
Et que son dénûment n'ait pas épouvanté !

Tes rêves de bonheur, tes beaux songes de gloire,
Les magiques châteaux bâtis par ton orgueil,
Cette toile animée où vivrait ta mémoire,
Et que vont déchirer les angles d'un cercueil ;
Illusions, amours, libertés et chimères,
Regrette-les un peu, mais ne les pleure pas,
Et donne seulement quelques larmes sincères
A ce chien qui tout seul t'aima jusqu'au trépas

Puis, artiste, en mourant, soit fier malgré ta chute !
Sois noble jusqu'au bout, tu tombes invaincu !
Aux hommes de génie épuisés par la lutte
Souvent la gloire vient après qu'ils ont vécu !
Si ta veille ici bas ne fut que peine et trouble,
Endors-toi pour toujours, ton sommeil sera beau ;
Car le prix de ton œuvre, alors devenu double,
T'aura servi du moins à l'achat d'un tombeau !

BOUTADE.

—

On n'aime pas tous les jours.

Mme Hermance LESGUILLON.

La poésie a sa prose,
Et la rose
L'épine où saigne le doigt.

Aug. VACQUERIE.

Ton jeune poète
Maintenant regrette
De pouvoir oser,
Sans qu'on le propose,
Sur ta lèvre rose
Cueillir un baiser.

Vraiment, j'avais au cœur moins d'ombre et plus de joie,
Lorsque sur le pavé de la publique voie,
Sentinelle d'amour, je veillais tout un soir,
Puis retournais heureux de t'avoir entrevue,
Ou que, le front baissé, j'abandonnais la rue,
Sans un de tes regards, âme triste, esprit noir.

Je ne m'endormais pas en de molles tendresses,
Je vivais sans plaisirs, sans ardeurs, sans caresses,
Mais j'avais l'avenir et ses illusions !
Je n'entendais jamais de ces mots dont s'enivre
L'être qui par le cœur et par l'âme sait vivre !
Mais ma foi dans l'amour avait tous ses rayons!

Février 1845.

IMPROVISATION PAR ORDRE.

—

> Tu fais chérir les deux biens de ce monde :
> Le tendre amour, et les douces vertus.
>
> THOMAS.

> L'amour n'est pas un feu qu'on renferme en une âme.
> Tout nous trahit: la voix, le silence, les yeux.
>
> RACINE.

A d'autres l'incarnat de ces roses fleuries
Que pare le soleil de rayons et de jour,
A d'autres de narguer toutes les maladies
    Moi je suis malade d'amour.

A d'autres d'afficher une raison superbe,
De vendre la sagesse et de fronder la cour,
De dire chaque mot comme on dit un proverbe,
    Moi je suis fou, mais fou d'amour.

A d'autres de bannir sévèrement l'ivresse
Qui ferait au bonheur habiter leur séjour,
Et qui d'Horace fut la muse et la maîtresse,
    Moi je suis ivre, ivre d'amour.

A d'autres de nier les grâces de la lyre
Et le pouvoir sacré des chants du troubadour ;
L'amour, c'est le génie, et moi, dans mon délire
    Je suis poète par amour !

Février 1845.

A UNE BIEN-AIMÉE.

—

Quid non speremus amantes !
VIRGILE.

Amour vraye et sans feinte.
Marie STUART.

Si tu crois, ô ma belle,
Aux sincères amours,
Ne reste pas rebelle
A ce cœur qui t'appelle
  Tous les jours.

Tour-à-tour folle et grave
Ris et pleure avec moi,
Il n'est rien qu'on ne brave
Pour être ton esclave
  Ou ton roi.

Au sentier de la vie
Quand tu chancelleras,
Tu pourras, mon amie,
Poser ta main bénie
   Sur mon bras.

Et quand viendront les heures
Des suprêmes adieux,
Nos deux âmes meilleures,
Auront mêmes demeures,
   Mêmes Cieux.

Février 1845.

Après un Bal masqué.

—

Esprits rêveurs, allez rêver au bal.

Mme A. TASTU.

Une femme, dans cette fête,
Sous son domino de satin,
Mais laissant voir sa jeune tête,
Comme la muse du poète,
Rêveuse attendait le matin.

L. BRUYS-D'OUILLY.

Berthilde, vous avez dans l'âme quelque chose
Qui fait que vos regards sont tristes et touchants
Et qu'en secret l'amour sur votre front se pose
Comme un phalène obscur sur la rose des champs.
Si blanche et si limpide est la lueur qui tremble
Sur votre tête, ainsi qu'un diadème d'or,
Qu'en vous voyant passer, fière et belle, il nous semble
Voir un doux Séraphin qui va prendre l'essor.
Celui dont la raison ne veut pas croire aux anges
Aura foi dans les Cieux, alors qu'il vous verra
Planer si haut, si haut, au-dessus de nos fanges....
Pourtant qu'allez-vous faire aux bals de l'Opéra?

Berthilde, vous savez qu'en ces nocturnes fêtes
Où règne insolemment la trivialité,
Très-vides sont les cœurs quand pleines sont les têtes ;
L'âme n'y garde rien de sa virginité.
Là s'éteignent en nous toutes lueurs divines,
Et devient plus étroit l'idéal horizon.
Comme un agneau qui laisse accrochée aux épines
La plus belle moitié de sa blanche toison,
On y met en lambeaux cette robe de l'âme
Qui faisait à Pétrarque idolâtrer Laura
Et dont les chastes plis embellissent la femme....
Mais vous, qu'allez-vous faire aux bals de l'Opéra?

La femme! On peut la voir pendant ces nuits orphiques
Ecarter le prestige et se prosaïser ;
Ses lèvres n'ont plus rien des senteurs balsamiques
Qu'elles cachaient avant sous la fleur du baiser :
Avec toute candeur s'envole sa magie.
Fruit détaché de l'arbre avant maturité,
Pour brûler tout son cœur aux flammes de l'orgie
La vierge n'attend pas toujours la puberté.
Elle sait d'impudeur se faire un diadème
Et vendre ses quinze ans à celui qui voudra
Pour plus ou moins d'argent que plus ou moins on l'aime....
Mais vous, qu'allez-vous faire aux bals de l'Opéra?

Février 1845.

DOULEUR D'AIMER.

—

.... Le vin le plus pur, dont l'âme est réjouie,
Dans le fond de la coupe a toujours quelque lie.

J. REBOUL.

Qui donc vous cause cette amertume?

Paul LACROIX.

Qui donc serait heureux, madame la Comtesse,
Si ce n'était pas vous ? Vous avez la jeunesse,
La gloire, la fortune et l'amabilité ;
A chacun de vos doigts un diamant rayonne,
Et c'est à votre front qu'appartient la couronne,
    La couronne de la beauté !

Vous avez tous les soirs des parures nouvelles
De broderie, or, fleurs, moire, soie et dentelles
Qui cachent dans leurs plis mille petits amours :
Quand l'hiver à la vitre a fait ses bigarrures,
Pour vous rire de lui, vous portez des fourrures,
La martre de Moskow, l'hermine et le velours.

Ceux dont l'âme est un chant, l'être une poésie,
Et le cœur un amour, femme, vous ont choisie
Pour vêtir de vos traits leur plus bel idéal ;
Car nul soleil ne luit dans l'ombre de leur sphère
Si l'un de vos regards ne resplendit pour faire
De leur ciel trop brumeux un ciel oriental !

A vous le sceptre ! A vous la royauté des fêtes,
Et l'éclat radieux des plus nobles conquêtes !
    A vous l'esprit au vol de feu !
Vous nous raffermissez, chancelants que nous sommes ;
Car nous avons les maux que répandent les hommes,
    Et vous les biens que répand Dieu !

Tout vous est rire et jeu ; pourtant tout vous ennuie ;
Et souvent vous versez des pleurs que nul n'essuie,
    La nuit, loin des regards moqueurs.
Vous êtes pour la foule insouciante et folle ;
Mais quelquefois la joie est dans notre parole
    Quand l'agonie est dans nos cœurs !

Votre voix a des chants de divine allégresse,
Mais, dans la solitude, un voile de tristesse,
Épais et ténébreux, s'étend sur votre œil noir.
Oh ! dites-nous au moins quel vautour vous dévore,
Et pourquoi votre front est clair comme une aurore,
    Votre âme sombre comme un soir ?

Pourquoi cacher ainsi sous les fleurs la vipère,
L'ombre sous les rayons et la souffrance amère
   Sous les douceurs de la gaité?
— Ah! c'est que vous aimez de tendresse profonde!
C'est qu'au fond de votre être il roule tout un monde
   D'amour trop tôt désenchanté!

C'est qu'ayant soupçonné qu'il t'aimait, pauvre femme,
Pour ton corps quelque peu, pas du tout pour ton âme!
Pour ton nom, pour ton or, beaucoup, mais pas pour toi!
Et qu'il songeait toujours à la riche comtesse,
A l'amante jamais, une amère tristesse
A chassé ton bonheur sans qu'on sache pourquoi!

   19 Mars 1845.

MARGARITA.

Ange aux yeux bleus, protégez-moi toujours !
BÉRANGER.

L'amour repose au fond des âmes pures comme
la rosée dans le calice d'une fleur.
LAMENNAIS.

Margarita, je vous regarde ;
Changez en printemps mes hivers,
Vous que Dieu fraîche et pure garde
Comme la perle au fond des mers.

Margarita, je vous aspire,
Quand j'entends pleurer votre voix,
Quand un souffle vous fait bruire
Comme la feuille au fond des bois.

12

Margarita , je vous espère ;
Quand la nuit tombe sur mes yeux ,
Vous brillez dans mon atmosphère
Comme l'étoile au fond des Cieux.

O Margarita , je vous aime !
Mêlant aux miennes vos langueurs ,
Reposez au fond de moi-même
Comme l'amour au fond des cœurs !

Mars 1845.

NOTRE-DAME DE PARIS.

A monsieur Victor Hugo.

—

> Aimer ce qui est grand, c'est presque être
> grand soi-même.
>
> Mme NECKER.

> C'est le palais du pauvre, et du cœur c'est l'asile,
> Le pavillon de Dieu qu'on dresse dans la ville.
>
> Mme Anaïs SÉGALAS.

> Qu'elle est belle, la nef, sous sa robe de pierre,
> Qui brille à tous les yeux sans aucun ornement !
>
> L. BRUYS-D'OUILLY.

I.

Reine des temps passés, maintenant reine encor,
Notre-Dame, tu n'as point de clinquant, point d'or,
Ni fauteuils ciselés pour les riches altesses,
Ni coussins cramoisis pour les nobles comtesses ;
On ne t'embaume pas des senteurs du boudoir,
Et tu n'as de parfums que ceux de l'encensoir.

Tu n'es pas une enceinte à profanes spectacles ;
Le brocart ne revêt jamais tes tabernacles ;
Tes sévères tableaux ne peuvent pas , saint lieu ,
Amuser les regards de ceux qu'ennuierait Dieu.
Tes plus beaux chants , à toi , sont les psaumes antiques ,
Et jamais on ne vient sous tes voûtes gothiques ,
Pour charmer les chrétiens , las d'un rithme sacré ,
Mêler Robert-le-Diable à tes Miserere !

II.

Notre siècle est timide. Il crée à son image
De ces temples étroits où l'esprit rend hommage
A toutes les beautés , hors à celles de Dieu ,
Où des plafonds de bois offrent seuls des sculptures ,
Où l'œil peut contempler de mondaines peintures ,
Où des rideaux de lin nous cachent le ciel bleu.

C'est toi que j'aime mieux , dans ma fièvre d'artiste ,
Avec ta large nef d'où la voix du psalmiste
    Monte , simple dans sa grandeur !
Avec ta colonnade , et tes hautes ogives ,
Et ta vieille poussière où dort le chanoine Yves !
Ta vue agrandit l'âme et ta voix parle au cœur !

III.

Et si je te préfère aux coquettes églises ,
Notre-Dame , pourquoi? C'est que ta majesté
Est plus digne du Dieu que tu popularises ,
Qu'en toi vit une idée , et que ta nudité

Fait comprendre avant tout qu'un temple est un asil
Pour le frère du Christ , l'honnête homme indigent
Dont s'éloigne le monde , ainsi que d'un reptile ,
Et que poursuit partout le regard outrageant !
C'est que , pour relever leurs âmes abattues ,
Les pauvres, qui du Ciel implorent la merci ,
Peuvent user gratis tes dalles toutes nues
    Sous leurs genoux tous nus aussi !

IV.

O sublime Credo que la main de nos pères
A , dans les temps pieux , écrit avec des pierres !
Monument de génie élevé par la foi !
Trop de siècles , hélas ! ont passé devant toi ,
Et tu dois maintenant , superbe cathédrale ,
Obscurcir les rayons de ta fierté royale ,
Puisque la piété , mère de tes splendeurs ,
Dans ses œuvres est morte , est morte dans les cœurs !

Quand ils te bâtissaient , simples d'esprit et d'âme ,
Ils ne soupçonnaient pas que la divine flamme
Manquerait d'aliment et s'éteindrait un jour
Quand tous auraient perdu la croyance et l'amour ;
Qu'après avoir broyé les autels et les trônes ,
Le marteau briserait tes plus belles madones ,
Qu'un turbulent blasphème irait , audacieux ,
De la rue à ton faîte et de ton faîte aux Cieux ;

Et surtout , qu'en passant devant tes tours altières ,
Oubliant tes drapeaux et tes vieux Te Deum,
Le peuple hurlerait : « Pourquoi ce tas de pierres
    » Rétrécit-il notre forum ? »

V.

Pourtant console-toi. La tourmente est passee.
Nous tous , jeunes de cœur et jeunes de pensée,
Aux yeux de qui le beau resplendira toujours ,
Pour ta mâle beauté nous avons deux amours.
Sans tes vitreaux divins , sans la lueur splendide
Qui se nuance et court du portail à l'abside
Quand le soleil revêt les pieds de ton autel
Des couleurs et des feux d'un mobile arc-en-ciel ,
Sans toute la grandeur de ton architecture ,
Sans le suprême orgueil de ta haute stature ,
Sans les beaux souvenirs qui peuplent tes trois nefs .
Et le poème écrit dans tes vieux bas-reliefs ,
O temple, on t'aimerait presqu'autant que l'on t'aime !
Car , n'as-tu pas reçu comme un second baptème
De la puissante main de ce poète-roi
Qui surprit le secret des amours et des haines ,
Et sonda l'océan des passions humaines
Pour en tirer une œuvre aussi grande que toi !

VI.

Lorsque , las des douleurs qu'un lourd destin m'impose ,
Je promène le deuil d'un front pâle et morose

Sous ta voûte où souvent le courage affaibli
Vient chercher l'espérance à défaut de l'oubli ,
Je crois voir , Notre-Dame , à chaque instant paraître
Une ombre désolée , un visage de prêtre ,
Qui sort de sa prison , noir confessionnal ,
Avec un sombre aspect qui rend triste et fait mal.
Il se glisse en rêvant de colonne en colonne ;
Son sang brûle sa chair ; la luxure bouillonne
Au fond de son œil creux d'où partent des éclairs :
Les jours lui sont des nuits , et les nuits des enfers.
Une passion d'homme est là qui le consume ,
Le cœur du prêtre ! Et lui , palpe avec amertume
Sa robe qui lui crie , éternel memento :
« Sans amour tu dois vivre , ô chanoine Frollo ! »

Puis c'est un monstre affreux , avec sa tête enorme ,
Qui dans les coins obscurs traîne sa masse informe ,
Et de son œil unique animant la laideur
Me semble presque beau quand je lis dans son cœur!
Je le vois , c'est bien lui ! C'est sa face grossière
Qui sent la pauvreté , la rouille et la poussière !
Le malingreux ! le sourd ! le bossu ! le boiteux !
Avec sa peau de bête et ses membres goutteux !
La lèvre sans parole et l'esprit sans pensée !
Pauvre âme sous le poids de la honte affaissée ,
A qui Dieu , pour qu'elle eut aussi sa part de jour ,
Suppléa tous les biens en prodiguant l'amour !

Être à la fois hideux et sublime. O problème !
Passe , Quasimodo , tu me plais et je t'aime.

❦

Si mon esprit appelle un songe et si je veux
Faire planer mon âme et mes regards aux Cieux ,
Je franchis les degrés pour monter à ton faîte ,
O basilique sainte ; et là quand je m'arrête ,
Ce n'est ni le ciel bleu , ni l'immense horizon
Qui captive mes sens et trouble ma raison ,
Ni la noble cité qu'on voit nouant la Seine ,
Ainsi qu'une ceinture , à sa taille de reine ,
Ni la fumée égale au-dessus de nos toits
A celle qui s'en va de la maison des rois.
Mon regard ne court pas pour pénétrer l'espace ,
Seulement , du parvis j'examine la place ,
Espérant voir danser , dans un rêve accompli ,
Esméralda charmante et sa chèvre Djali !

VII.

Oh ! c'est que ton génie agrandit tout , Poète !
Ta gloire habite et vit partout où tu n'es pas ,
Et , debout sur ces tours que ton œuvre complète ,
Pour être de ta taille on est encor trop bas !
Un nom puise la vie en ta seule parole
Et devient immortel quand tu l'as prononcé.
La poésie a mis sa plus belle auréole
     Aux lieux où ta lyre a passé !

HOMMAGE.

A monsieur Emile Deschamps.

—

> Ainsi vous conduisez ma barque solitaire,
> Vous osez m'accueillir et me tendre la main.
>
> Alfred DE MARTONNE.

Je m'étais dit : S'il est des échos par le monde
Qui, répétant la plainte, éveillent l'amitié ;
Si les ennuis profonds que nul regard ne sonde
Font germer dans les cœurs quelques grains de pitié ;

Que ma voix soit pour tous une touchante gamme
Qui pleure et trouve au moins pour chaque peine un son ;
O cordes de ma lyre, ô cordes de mon âme,
Pour un chant de douleur vibrez à l'unisson !

De ton manteau d'écume habillant mes souffrances ,
Je voulus m'abreuver au plus pur de tes flots ,
Océan poétique , et.... je fis , dans mes stances,
Ricaner l'ironie et bondir les sanglots !

Mon esprit de mon âme alors fut l'interprète ,
Et je vins à vos pieds décharger mon fardeau ;
Je vous tendis la main , je vous livrai , Poète ,
Mon seul trésor , mes vers liés en un faisceau.

Et lorsque je pleurais , créature esseulee ,
Que des pensers amers faisaient jaunir mon front ,
Lorsque des voix disaient à mon âme accablée :
« Pourquoi gémir longtemps quand le fleuve est profond ? »

Vous , Poète , sachant qu'une belle parole
Douce à l'oreille est douce au cœur , et nous console,
Vous avez relevé tout mon être abattu
Et su faire à mes jours un horizon moins sombre ,
En disant : « Espérez ! Quand la vie a tant d'ombre
          « L'espoir devient une vertu ! »

Fécondante rosée , alors votre langage
Fit remonter la sève à l'arbre sans feuillage ,
          C'est pourquoi je me plais ici
          A vous rendre un public hommage ,
Et du fond de mon cœur à vous crier : merci !

RÉPONSE.

A monsieur Alphonse Duchesne.

—

Votre lyre m'envoie un prélude nouveau ;
Vous me dites : merci ! Moi je vous dis : bravo !
    Mais avant que le beau volume
    N'arrive au bout de son chemin,
    Je voudrais bien serrer la main
    Qui tient si noblement la plume !

Émile DESCHAMPS.

A une Amie,

EN LUI DONNANT UN PETIT LIVRE VERT.

——

Prends ce livre,
O toi
Dont m'enivre
L'émoi :
Je veux vivre
De toi.

Pour inspirer la force et la persévérance
A mon esprit qui veille au seuil de l'avenir ,
Prends ce livre mignon , couleur de l'espérance ,
En échange d'un souvenir !

Que mon nom , pour toi seule, y soit à chaque page
Écrit en lettres d'or , lorsque tu le liras ;
Et qu'un rayon de joie éclaire ton visage
Quand de moi tu te souviendras !

Qu'il soit comme un gazon pour ton âme lassée ,
Qu'il ait mille parfums qui montent jusqu'à toi
Qu'il soutienne à ton gré le vol de ta pensée ;
    Surtout , qu'il te parle de moi !

Seule avec mon image , oh ! songe , douce femme ,
Quand ton regard charmant ira les effleurer ,
Que j'ai dans ces feuillets mis un peu de mon âme
    Pour que tu puisses l'aspirer !

Si je m'en vais d'ici plus vite qu'une aurore
Qui jaunissant à peine a déjà disparu ,
Quand je ne serai plus , tu l'ouvriras encore ,
    Ce livre où mes doigts ont couru ,

Et tu le baiseras , pour qu'au fond de ma tombe ,
A ton ressouvenir je tressaille d'amour ;
Car tes baisers prendront des ailes de colombe
    Pour voler à mon noir séjour !

Qu'alors ton âme en deuil fasse ainsi mon histoire :
« Sa vie et mon bonheur tombent du même coup :
« Il était sans amis , sans fortune et sans gloire ,
    « Mais il m'aimait beaucoup ! »

Mai 1845.

LA VOIX.

——

Oh! j'aime des oiseaux la voix purifiante,
     Le soir, au fond des bois,
Écho des chants du Ciel, musique insouciante,
     Triste et gaie à la fois ;

J'aime les bruits plaintifs que murmure la feuille
     Quand sanglote le vent,
Propos mystérieux que ma pensée accueille,
     Que ma douleur comprend ;

J'aime les mille sons qu'élève la cascade
  Dans un sauvage lieu,
Note du grand concert, sublime sérénade
  Que le flot donne à Dieu;

Mais j'aime plus encor ta voix, ô tendre femme,
  Timbre dont la douceur
Fait descendre à ton gré du soleil dans mon âme,
  De l'amour dans mon cœur!

Mai 1845.

INCOMPRIS !

—

Ne vous moquez point d'un homme dont l'âme
est dans l'amertume, car il y a un Dieu qui élève
et qui humilie.

ECCLÉSIASTIQUE.

Cesse de te faire un jeu de ma douleur. Ce
badinage a trop d'amertume.

BYRON.

Souriez au poète, ô femme blanche et rose ; .
Les hommes seuls, dont l'âme est toute écrite en prose,
Entravent le génie en son sublime essor,
Cherchent par des soufflets à lui salir la joue,
Et jettent leur venin, leur poussière et leur boue
Afin d'éclabousser au moins ses ailes d'or.

Respectez avant tout l'auguste poésie
Qui fait de ciel en ciel errer sa fantaisie ;
Et pour les cœurs mauvais gardez votre dédain ;
O beauté, comme vous votre règne est fragile ;
Mais le barde en ses chants a tout un évangile ;
Vous avez aujourd'hui, mais il aura demain !

Si je marche au hasard dans le bois de Boulogne
Pour songer tristement au deuil de la Pologne
Ou pour voir les amours de quelques liserons,
Et si votre coupé passe, ô Jenny la belle,
En effleurant la terre, ainsi qu'une hirondelle
Quand la nuée abat le vol des moucherons,

Pour ce jeune rêveur sur qui le doute pèse
Et dont l'esprit jamais n'a pu tressaillir d'aise,
N'ayez en votre cœur ni pitié, ni mépris;
Laissez le persifflage et la lèvre railleuse;
Folle! ne dites pas d'une voix orgueilleuse :
« —Ce jeune homme est sans doute un poète incompris!— »

Incompris! Oh! si mal ne raillez pas, Madame!
C'est un titre divin dont vous feriez un blâme,
Un soleil rayonnant dont vous feriez la nuit!
Mais qu'importe après tout le rire du vulgaire?
Si le barde est parfois méconnu sur la terre,
Du moins Dieu le comprend, lui parle, et le conduit!

Mai 1845.

AVENIR.

A madame la duchesse d'Orléans.

—

Que la charité s'empresse donc. Son temps
est venu.

Mᵐᵉ Élisa GUIZOT.

J'allais rêvant ces temps que l'on aime à rêver,
Et, le regard ému, cherchant partout le germe
Du sublime avenir que la France renferme.

Mᵐᵉ Louise COLET.

I.

Lorsque sur cette mer, où le vent bat la houle,
Notre vaisseau rompu fait eau de tous côtés,
Que du vieil édifice un pan déjà s'écroule,
Qu'une amère pensée au fond des âmes roule,
Mêlant espoir et crainte, ombre noire et clartés !

Lorsque le monde usé se raidit sur sa pente,
Comme un agonisant qui râle et se débat,
Quand tout esprit rêveur, inquiet, dans l'attente
    A l'attitude d'un soldat,
    Qui, la veille d'un grand combat,
A nettoyé son arme et veille dans sa tente;

Les hommes des vieux jours, trop faibles pour l'assaut,
Crient le sauve-qui-peut dès la première alerte,
Sans songer qu'au salut une voie est ouverte,
Plus large que la leur, plus unie et plus verte,
Et qui part de moins bas pour arriver plus haut.

Comme un sable, la peur les aveugle. Qu'importe?
La jeunesse au cœur chaud, à la volonté forte,
Qu'aux champs de l'avenir un noble rêve emporte,
Anime dans son sein du courage pour tous.
Quand du siècle passé, tison qui se consume,
Le souvenir se noie en des flots d'amertume,
Une jeune pensée a lui dans cette brume
Pour qu'un autre flambeau prenne sa flamme en nous.

La jeunesse a la vie et l'espoir avec elle.
Un éclair a brûlé son ardente prunelle;
La science est un livre où son esprit épelle
    Le saint nom de la Liberté.
Son âme est sans mépris, ses lèvres sans blasphème;
Christ au vouloir sublime est un martyr qu'elle aime;

Elle cherche, médite, et rêve à ce problème :
    Relever la Société !
Et, phalange d'enfants par l'étude mûrie,
Elle a son évangile et vers le peuple crie :
« A nous l'idée immense ! et que le mot Patrie
« Cède sur vos drapeaux au mot Humanité !

« Dieu d'un souffle pareil peuplant toutes les terres
« Ensemença les cœurs du saint amour des frères ;
« Le soleil a pour tous une égale chaleur,
« Le même flot amer baigne tous les rivages ;
« Qu'importent donc la forme et le teint des visages,
« Quand l'esprit est sans forme et l'âme sans couleur ?

« Il n'est point d'étrangers, point d'ennemis ! Le monde
« Est un stage commun : la patrie est ailleurs.
« Oh ! tout ciel sera pur, toute rive féconde,
« Les arbres d'ici-bas auront des fruits meilleurs,
« Quand le festin de paix, l'agape universelle,
« Aura fait de la terre un fraternel séjour,
« Et que, pour cimenter l'alliance nouvelle,
« Rois et peuples rompront le pain du même amour ! »

II.

Depuis que la justice est l'unique puissance,
Que le trône n'est plus un autel qu'on encense,
Et que la foule exile ou couronne à son gré ;
Depuis que le soleil éclaire des journées
Où le peuple, acceptant de hautes destinées,
Fait et défait les rois quand il est inspiré !

Le sceptre est un roseau qu'on a garni d'épines,
Un rameau qui verdit sur de pâles ruines,
Le nom de roi survit seul à la royauté :
Coursier jadis trop fier et de trop libre allure,
Le pouvoir aujourd'hui du frein subit l'injure,
Et caresse déjà la main qui l'a dompté.

La nuit n'est plus, pourtant le jour n'est pas encore.
Mais de la charité blanchit enfin l'aurore.
L'amour, au code humain, sera toute la loi,
Être juste pour tous sera le rang suprême :
Mais si la vertu seule est le vrai diadème,
Qui sera, dans ces temps, digne d'être le roi ?

Celui qui , comprenant sa mission auguste,
Tiendra toujours levée une balance juste
Afin d'équilibrer les pouvoirs de l'état,
Et que la voix du peuple, en souverain arbitre,
Décorera du nom et du glorieux titre
De premier citoyen et premier magistrat !

III.

Vous dont les voiles et dont l'âme
Ont reçu le noir pour couleur,
Vous qui savez que toute femme
Vit pour l'amour et la douleur,
Épouse en deuil, heureuse mère,
Dont le cœur est un reliquaire

Où s'enchâssent les souvenirs,
Mêlez à vos pleurs quelque joie ;
L'homme que Dieu sur terre envoie
A devant lui deux avenirs :

L'un qui va vite, et dont les charmes,
Tendresse, génie et beauté,
Sont portés par un flot de larmes
Jusqu'au seuil de l'éternité.
Il n'a de fleur que l'espérance :
La vie humaine et la souffrance
Y devraient avoir même nom ;
Le soir y suit la matinée,
La nuit s'y lie à la journée,
La mort est le dernier chaînon.

L'autre avenir qui nous transporte
Au centre d'horizons plus beaux,
O Princesse, pour toute porte
N'a que la pierre des tombeaux.
Mais c'est un océan sans plage ;
Dans les délices l'âme y nage
Et le cœur n'y sait pas mentir ;
Au sein de ses clartés sans brume,
Les plaisirs sont sans amertume
Et les amours sans repentir.

Vous qui portez la fleur des veuves,
Dont les yeux souvent sont mouillés,

Et qui dans le sentier d'épreuves
Quelquefois vous agenouillez,
Calmez votre douleur muette,
L'époux que votre âme regrette
A franchi son dernier écueil;
C'est à nous, martyrs de la vie,
D'avoir de longs regards d'envie
Pour tous ces heureux du cercueil !

Ah ! plutôt, rassemblez, Madame,
Toutes les forces de l'esprit,
Pour diriger cette jeune âme
A qui la vie encor sourit :
Si l'on vous appelle étrangère,
Sous la mémoire de son père
Abritez votre premier-né :
D'amour abreuvez sa jeunesse ;
Le cœur est si plein de tristesse
Lorsque le front est couronné!

IV.

Il est beau d'être mère et d'avoir sous sa garde
Un enfant dont le nom monte dans la mansarde,
Se dit bas dans les clubs et court dans les salons ;
Il est beau d'élever quelque lis des vallons
Qui parfume à la fois et le trône et la tombe :
Il serait beau surtout que la frêle colombe
Avec son doux amour couvât un nid d'aiglons !

Que cet enfant balance aux vent sa tète blonde,
Fasse, en jouant, tomber ses cheveux comme une onde,
Et soit plus frais qu'un ange apparu le matin ;
Qu'il se crée un bonheur à prendre un scarabée
Qui s'en allait, le soir, comme à la dérobée,
Abriter ses amours sous la feuille du thym ;

Qu'au souffle des zéphyrs ses heures soient bercées,
Qu'il se mêle un sourire à toutes ses pensées,
Qu'il reflète du ciel l'azur comme un cristal ;
Bien : On aime la vie avant de la connaître ;
Mais, Princesse, songez qu'un jour, bientôt peut-être,
Ce front se courbera sous un destin royal.

Pour qu'à ce jeune cœur l'avenir s'ouvre immense,
Il faut jeter en lui la première semence
De grandeur, d'équité, d'amour et de clémence ;
Oui, semez des vertus pour qu'il germe des droits !
Les actes aujourd'hui plaident seuls une cause,
C'est de leurs qualités et non plus d'autre chose
Que le peuple veut faire une couronne aux rois !

V.

Dites-lui qu'il est bon de croire,
Que souvent la plus haute gloire
A la prière pour soutien,
Et que, malgré les cris du blâme,
Quand au Ciel nous portons notre âme,
Une voix en nous dit : C'est bien.

Puis , dites-lui que sur ce monde
Nul espoir certain ne se fonde ,
Qu'il n'est qu'un des piliers du Ciel ,
Et que cet univers immense
Où la clarté de Dieu commence
Est la marche de son autel.

Dites-lui que dans sa carrière
Tout homme doit sur sa bannière
En lettres d'or écrire : Honneur !
Que les rois doivent être apôtres
Et qu'ici-bas l'amour des autres
Est la religion du cœur.

Oh ! répétez-lui que les guerres
De désespoir couvrent les mères
Et de cruauté les enfants,
Que l'amour brise les épées,
Et que la Haine aux mains crispées
Suit tous les guerriers triomphants !

Qu'il soit du siècle dont nous sommes
Et que son dévouement aux hommes
Lui revienne en affection,
Afin qu'un jour la multitude
Le désigne avec certitude
Comme un vase d'élection !

VI.

Vous qui sur un cercueil vous penchez comme un saule ,
Reverdissez enfin pour un printemps nouveau ;
Courage ! jusqu'au bout soutenez votre rôle
    Car celui-là c'est le plus beau !

Si vous n'aviez plus un de ces fronts qu'on adore ,
Si plus rien ne brillait dans vos yeux noirs et doux ,
Si vous étiez sans nom , bien des regards encore
    Iraient se reposer sur vous ;

Car votre chemin fut tout hérissé d'orties ,
Et l'on peut vous aimer rien que pour vos douleurs ;
Le poète, Madame, est riche en sympathies ,
    Il en a pour tous les malheurs !

Juin 1845.

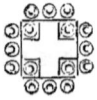

SUR LES NOMS.

Aux Femmes.

—

Votre nom est un parfum que l'on répand.

CANTIQUE DES CANTIQUES.

Vous qui de la beauté portez le diadême,
Ayez toutes un nom qui caresse et qu'on aime,
Nom qui fasse rêver. Mélodieux et doux,
Qu'il ait tout, poésie et fraîcheur, comme vous,
Et que ce diamant de votre écrin de reines
S'incruste au mois de mai dans l'écorce des chênes;

Car sachez que la femme, avec un vilain nom,
Quand elle est par le cœur et par l'âme jolie,
Resssemble au cristal pur de quelque beau flacon
Plein des parfums de Grèce ou des vins d'Italie,
Sur lequel on aurait, par faute ou par folie,
    Écrit le mot : poison.

AMOUR UNIVERSEL.

À monsieur Eugène de Lonlay.

—

> Tout semble aimer autour de nous.
> Eugène DE LONLAY.

> I bow before thine altar, Love.
> SMOLLET.

I.

L'esprit de poésie avait sur vous plané ;
Zéphyr des cœurs brûlants , souffle passionné ,
   Il avait caressé votre âme ;
Votre mère passait dans votre souvenir ,
Ou bien vous attachiez vos espoirs d'avenir
   Au nom chéri de quelque femme ;

L'esprit de poésie avait plané sur vous
Lorsque vous avez dit , de votre voix touchante ,
Ce vers qui tant sourit, ce vers qui toujours chante :
   « —Tout semble aimer autour de nous! — »
Car ce n'est pas de mots qu'est faite cette phrase ,
C'est de pensée ardente , et de vie , et d'extase ,
   A faire ployer les genoux !

Les bardes, dont le cœur est un grand virtuose,
Vos frères par la lyre et par l'âme, ont cent fois
Proclamé dans leurs chants les immuables lois
  De l'amour, souveraine cause.
Ils ont dit que l'amour du monde est le soutien,
Que des êtres entre eux c'est l'unique lien,
  Qu'aimer, vivre, c'est même chose.

II.

L'amour est dans tout. Tout est par lui. L'univers
S'harmonie, et se règle, et vit, parce qu'il aime.
Arbre de la science avec des fruits divers,
L'amour n'est pas dans l'âme, il est l'âme elle-même!
Il est notre élément et notre but. Le jour
Est aux yeux des mortels ce qu'il est à la vie ;
L'air qui nous environne est imprégné d'amour,
Souffle qui monte au Ciel quand Dieu nous y convie!

III.

  Pourquoi les sables des îlots
N'auraient-ils pas aussi de voix intérieure
  Pour converser avec les flots
Dont chacun se lamente et chante avant qu'il meure ?

  Pourquoi les granits sur les monts
Ne garderaient-ils pas pour les petites pierres
  Qui baisent gentiment leurs fronts
D'amitiés dans leur sein, d'élans dans leurs prières?

Insectes qui, privés de jour,
Vivez sous les gazons sans bruit et sans espace,
Pour soleil vous avez l'amour,
Et pour aimer beaucoup il faut si peu de place !

Stalactites qui grandissez,
Avez-vous le sentir, avez-vous le connaître ?
De plaisir dites-vous : assez !
Quand l'eau se crystallise et pénètre votre être ?

Des voluptés as-tu l'émoi,
Quand le chêne amoureux t'humecte de sa sève,
O gui ?....
.... Si c'est un songe, ô mon Dieu, qu'il s'achève!
Faites toujours courir au fond de mon beau rêve
Ce fluide d'amour partout autour de moi !
Cette croyance fait qu'à vous mon cœur s'élève,
Seigneur, gardez-moi-la, car c'est toute ma foi !

Oui je veux croire encore à cet agent immense
Qui ne s'éteint qu'aux lieux où le néant commence,
Qui court de sphère en sphère et d'esprit en esprit,
Par qui le rayon d'astre au rayon d'œil sourit,
Qui fait verdir le cèdre et l'herbe parasite,
Humide pour Thalès, brûlant pour Héraclite,
Pourtant plus pur que l'eau, plus ardent que le feu,
Et qui s'appelle Amour, l'un des trois noms de Dieu !

FANTAISIES.

Vers écrits sur des Albums.

—

Un continuel besoin d'épanchement met à tout
moment mon cœur sur mes lèvres.

J.-J. ROUSSEAU.

I.

Pourquoi suis-je venu vers vous sans défiance ?
Pour changer tous mes goûts il vous suffit d'un jour.
J'avais en arrivant l'amour de la science,
Et je retourne avec la science d'amour.

II.

Des vers ? Oh ! je ne puis en écrire que quatre,
Ma main tremble et mon cœur est prêt à s'envoler ;
Le cœur auprès de vous pourrait-il ne pas battre,
        La main ne pas trembler ?

III.

Vous dont le regard réjouit les àmes,
Pourquoi vous parer de soie et velours,
Puisque vous avez plus que toutes femmes
Esprit et bonté, les seuls vrais atours?

IV.

Femme belle, il n'est rien en vous qui ne me touche,
Je suis l'esclave heureux de votre esprit vainqueur.
Oh! que ne laissez-vous tomber de votre bouche
Ces mots : Soyez aussi l'esclave de mon cœur?

V.

La fleur vit de soleil et l'herbe de rosée,
Les yeux vivent de pleurs et l'espoir d'avenir :
Puisse mon nom, jeune épousée,
Vivre de ton doux souvenir !

VI.

Enfant, je n'aurais plus de soucis ni d'alarmes,
Si le souvenir de mes vers
Avait à vivre autant d'hivers
Que le souvenir de tes charmes.

VII.

Pour vous peindre, Néris, il nous faudrait d'Apelle
Posséder le divin pinceau,
Et pour qu'une statue autant que vous fût belle,
Il faudrait que nos mains eussent de Praxitèle
Hérité le ciseau.

Lorsque du Ciel Mozard rêvait les symphonies,
    L'ange, en allant le visiter,
Secouait moins que vous de pures harmonies;
Lamartine et Victor sont les deux seuls génies
    Dignes de vous chanter.

On s'inspire de vous. De passion saisie
    L'âme, par un culte touchant,
Vous proclame des arts une reine choisie,
Car votre cœur, Néris, est une poésie,
    Et votre voix un chant!

VIII.

    Astre de ma jeunesse,
    Divine enchanteresse,
    Que ferait la richesse
    Dans votre frais séjour?

    La fortune suprême,
    O femme que l'on aime,
    Vous l'avez en vous-même,
    Car vous avez l'amour.

Août 1845.

⚛⚛⚛

11

FAIBLESSE.

A monsieur Adolphe Bordes.

—

> On n'est jamais si faible que lorsqu'on ne veut
> pas le paraître.
>
> BOSSUET.

> Cœur stérile de l'homme, oh ! que tu ne peux guères !
>
> BRUGNOT.

Si le poète frappe aux portes de la vie
Comme aux portes d'un bal où l'oreille ravie
Entend déjà l'écho des voix et des accords ;
Étincelle qui veut mourir avec des flammes,
Si son âme embrâsée aspire d'autres âmes
    Et ne voit que des corps,

Si du germe divin seule dépositaire
Elle ne trouve rien comme elle sur la terre,
Et poursuit sans amour son vol silencieux,
Alors elle s'abat et, repliant ses ailes,
Pleure enfin d'avoir pris en ces routes nouvelles
    Le monde pour les Cieux.

Tout enivré d'extase et bercé d'harmonie
J'ai fait de mon amour l'aile de mon génie ;
Vers l'oasis de Dieu j'ai pris seul mon essor ,
Mais hélas! j'ai senti que mon âme incertaine
N'ayant pu secouer toute poussière humaine
   Touchait la terre encor !...

Ah! c'est qu'il faut que l'ange ou la femme accompagne
Le poète bouillant qui gravit la montagne
Où le triangle saint revèle ses splendeurs ;
Pour ne pas succomber aux premières secousses,
Il lui faut l'évohé sur bien des lèvres douces ,
   L'amour dans bien des cœurs!

Juillet 1845.

SYMPATHIE.

Réponse à des Vers Anonymes.

—

.... Tu dois au mont Parnasse,
Jeune enfant d'Apollon, te marquer une place :
Continue à gravir.

ÉPITRE ANONYME.

La muse a donc partout une âme qui l'écoute?

Accurse ALIX.

Il m'est doux de songer qu'un ami que j'ignore
Me regarde venir et croit que mon aurore
　　Sera bientôt le jour ;
Il m'est doux de songer que, dans la multitude,
Une pensée accueille avec sollicitude
　　Mes paroles d'amour.

Sympathique inconnu, c'est noble à toi de croire
En moi, qui n'ai ni bien, ni puissance, ni gloire,
　　Ni titres attachants,
Qui vis de fictions, d'espoir, de poésie,
Qui pleure quelquefois pour une fantaisie,
　　Et me console avec des chants !

Ah ! si par un lien mystérieux se noue
Ton idée à la mienne, et si notre esprit joue
    A de semblables jeux ;
Si jaillit de nos cœurs même flot de lumière,
Et si nous préférons à l'humaine poussière
    L'azur des mêmes cieux,

C'est que Dieu mit en nous les mêmes influences,
C'est que la nature est pour nos intelligences
    Un céleste missel,
Que le mot qui te brûle est le mot qui m'embrase,
Et qu'à nos yeux le monde a pour dôme et pour base
    L'amour universel !

Je ne sais pas comment ta route se jalonne,
Et j'ignore quel nom s'attache à ta personne,
    Mais qu'importe ce nom ?
Le nom c'est la lettre ; or, l'esprit seul vivifie ;
Dire sous quel nom vide on traverse la vie,
    Puisqu'on passe, à quoi bon ?

Ami, qui que tu sois, esprit d'homme ou de femme,
Je t'aime par le cœur et te bénis par l'âme ;
    Sème encor sous mes pas
Les parfums et les fleurs de ta muse discrète :
Je sais la mission que Dieu marque au poète,
    Et n'y faillirai pas !

A Madame R.....r.

—

Vous possédez les cœurs, vous triomphez des âmes.

Maistre ADAM.

La femme, au sein de nos misères,
Est l'être qui des Cieux se rapproche le plus.

Jules CANONGE.

Lorsque la croyance agonise,
Que s'émoussent nos facultés,
Quand tout se matérialise,
Et quand l'illusion se brise
A l'angle des réalités,

Le cœur pâlit et perd courage,
Comme un pilote de vaisseau,
Qui, tout près de faire naufrage,
N'espère plus de sauvetage
Et dit : Je ne vois rien sur l'eau.

Alors tout s'use en nous. La vue
A peine à supporter le jour,
Le spleen fane l'âme vaincue,
Et le dégoût des hommes tue
Jusqu'aux divins germes d'amour !

A moins qu'une de ces voix fortes,
Qui sont comme un écho d'en haut,
Ne dise aux illusions mortes :
« Levez-vous : la vie a des portes
« Qui ne se ferment pas si tôt ! »

A moins qu'un regard noble et tendre
D'où coule un aimant tout divin
Ne change en flamme notre cendre,
Et ne fasse en nous redescendre
L'espoir des voluptés sans fin.

Ou, par un magnétique empire,
A moins qu'une lèvre sans fiel
Ne nous suspende à son sourire,
Comme aux chants que Dieu leur inspire
Les anges suspendent le Ciel.

Cette voix, ce regard, ce sourire, Madame ;
    Ils sont à vous.
La lumière est à Dieu, l'amour est à la femme,
    L'ombre est à nous.

La louange vous monte alors même qu'un blâme
    Descend sur tous.
Vous régnez par l'esprit et vous régnez par l'âme :
    Sans être fous,
Beaucoup vous ont priée, ainsi que Notre-Dame,
    A deux genoux....
Au fond des cœurs troublés versez donc douce flamme
    Et baume doux,
Puisqu'ainsi voix, regard, et sourire, Madame,
    Tout est à vous.

Juillet 1845.

QUIÉTISME.

A monsieur D. Nisard.

—

Celui qui aime connaît la force de ce mot d'amour.
C'est un grand cri et qui va jusqu'aux oreilles de
Dieu que cette ardente affection d'une âme qui lui
dit : Mon Dieu, mon amour, vous êtes tout à moi
et je suis tout à vous.

IMITATION DE J.-C., 3. 5.

Amore pectus ebrium,
Amore nos inebria.

PROSE.

Je vous aime, ô mon Dieu, et j'aime l'amour que
j'ai pour vous.

Sᵗ AUGUSTIN.

Oh ! ne jetez pas votre blâme
Sur la lyre dont les accords
Sont une musique pour l'âme
Et ne caressent pas les corps ;

Oh ! ne vous raillez pas de l'être
Qui veut, dans sa soif de connaître,
Aux choses d'en bas dire adieu,
Et qui, montant de sphère en sphère,
Ne sait encore ce qu'il faut faire
Pour se joindre à l'esprit de Dieu !

Vous, penseur, vous devez comprendre
Que, las de son humanité,
Un esprit désireux et tendre
Rêve l'éternelle beauté.
Le feu du cœur monte à la tête,
Et dans ses vœux que rien n'arrête,
L'homme regarde sa raison
Comme une vapeur éphémère
Qui lui dérobe sa chimère,
Et lui voile son horizon !

Si la vertu n'est qu'un mensonge,
Si le bonheur est un sommeil,
Si l'amour complet n'est qu'un songe
Dont l'existence est le réveil ;
S'il n'est pas d'espoir qui ne trompe,
Pas de lien qui ne se rompe,
Pas de douceur qui n'ait son fiel,
Si rien ne remplit l'âme humaine
Hors l'aspiration qui mène
Aux portes ardentes du Ciel ;

Il faut imaginer ce monde
Où toujours la lèvre sourit,
Où toujours la lumière inonde
L'œil dessillé de notre esprit,
Où chaque minute a sa joie,
Où l'on se pâme, où l'on se noie
En d'intarissables plaisirs,
Où le jour est sans crépuscule,
Où sans cesse à nos yeux recule
La limite de nos désirs!

Quand vers l'inconnu je m'élève
L'amour pur me sert d'échelon,
Et je m'endors dans le grand rêve
Qui divinisait Fénélon.
D'amour et de Ciel je m'enivre,
Je tâche d'épeler au livre
Où les hommes n'ont jamais lu;
Tout souvenir en moi s'efface,
Et je sens courir sur ma face
Les rayons de l'Être absolu!

Alors je ne suis plus moi-même.
Je vis en Lui, Lui vit en moi.
En aimant son être, je m'aime;
Par l'amour j'arrive à la foi.
Indifférente à la matière,
Alors mon âme tout entière

Dans la sienne va s'abymer ;
En Lui, de Lui, par Lui je pense,
Et qu'importe la récompense ?
Je ne l'aime que pour l'aimer.

Excepté Lui, tout m'importune,
Et son image a pour mon cœur
Les caresses qu'un clair de lune
A pour les yeux du voyageur.
Ce cœur que sa pensée embràse
Arrive d'extase en extase
A d'indicibles voluptés :
Pour lui bien, mal, génie et crime,
Tout porte le cachet sublime
D'inexplicables volontés !

Ce Dieu, source unique de flamme,
Et que j'adore par ces vers,
C'est cet être infini, cette âme
Qui respire dans l'univers.
De sa voix il fait l'harmonie,
De son souffle il fait le génie,
De son regard il fait le jour.
Seul il peut, il comprend, il aime,
Et trois noms forment son baptême :
Puissance, — Intelligence, — Amour !

Oh ! laissez-moi l'aimer encore
Puisque je me soutiens par Lui !

N'éteignez pas le météore
Dont les triples clartés m'ont lui ;
Si dans l'erreur mon esprit plonge,
Qu'au moins ce rêve se prolonge
Et m'embellisse le cercueil ;
Aux flots du doute si je nage,
Qu'un ciel au moins soit mon rivage
Puisque la terre est mon écueil !

Laissez-moi l'aspirer ! La foule
Comprend si peu ces amours-là,
Elle qui sur les corps se roule,
Et ne connaît rien au-delà !
Mes ardeurs sans frein sont sans nombre,
Mais dans les femmes il fait sombre,
Et dans les hommes il fait noir ;
Laissez donc mon âme enivrée
Flotter dans l'idéal qui crée
L'amour pur et le pur espoir !

Juillet 1845.

SONGE.

A une Dame.

—

O songes, bercez-moi sur vos ailes magiques
Et que le souvenir de vos jeux fantastiques
Me charme encore à mon réveil.

Émile ROULLAND.

Mais hélas! tout cela n'est qu'une vision,
Un caprice, un effort d'imagination.

Augustin CHALLAMEL.

Permettez un caprice à mon esprit bizarre.
Qu'un poète en ces temps ne soit pas fou, c'est rare.
Donc, j'ai parfois, Madame, eu de certaines nuits,
Où j'ai rêvé de vous, — et c'étaient les meilleures,
Car durant ces nuits-là je savourais les heures
Et mon front n'était plus chargé de ses ennuis. —

Mais vous aviez perdu votre forme ordinaire,
Et vous étiez, — je veux être millionnaire,
Si je mens d'un seul mot, — changée en un jardin,
Où nous admirions tous les plus charmantes choses,
Où nous réservions même à vos plus belles roses
    Notre regard le plus calin.

Pour vous voir, tont le monde accourait d'une lieue,
Et l'on vous demandait quelque fleur verte ou bleue;
On voulait la cueillir, et vous de refuser.
Mais moi, comme j'étais une petite abeille,
Je goûtai les parfums d'une fleur sans pareille....
Je crois qu'on appela cette fleur un baiser.

Mon rêve et mon bonheur moururent dès l'aurore.
Que n'êtes-vous toujours ce tant doux jardinet!
Lorsque vous répondez à tous nenni tout net,
    Pour moi, dont le cœur vous adore,
    Que ne vous taisez-vous encore!

Juillet 1845

A ma Mie.

SONNET.

—

La beauté c'est le diadème
Dont tout cœur de femme est jaloux,
Vous avez ce charme suprême....

Pierre MALITOURNE.

Oh! oui, n'aimer que toi, que toi seule, et toujours!

Édouard D'ANGLEMONT.

J'aurais été Petrarca,
Si vous aviez été Laure,
Et les pélerins d'Arqua
Parleraient de vous encore;

Si vous étiez Francesca,
Je serais, moi qu'on ignore,
Le Paolo qui l'adore,
Et l'on me crierait : Raca!

Ou bien si vous étiez celle
Qu'on nomme Isaure la belle,
Je serais grand troubadour,

Car au gai savoir fidèle,
Je ferais, ma jouvencelle,
Des chants avec de l'amour[1]

Août 1845.

LE VŒU D'UNE MÈRE.

Jeune âme de ma fille, oh! suspends ton départ,
Et pour quitter ce monde attends au moins ta mère.

CAMPENON.

Oh! qui peut dire ce qui se passe en elle? Un pauvre
cœur de mère affligée peut seul le comprendre.

Anna **MARIE.**

Seigneur, ne m'ôtez pas cette enfant que j'adore,
Elle est toute ma vie, elle est tout mon soleil!
Cette main qui la touche et la caresse encore
Ne veut pas la bercer pour son dernier sommeil!
Ma voix crie et sanglote et mon cœur vous implore;
    Laissez-moi cette aurore
Qui rend à mon midi l'horizon plus vermeil!

Ne me flétrissez pas cette fleur de mon âme !
De ce regard charmant n'éteignez pas la flamme !
Nulle graine mauvaise en elle n'a germé !
Voyez ce front sans plis, couronné d'innocence,
Aspirez les parfums de cette adolescence,
Regardez-la, Seigneur, pour être désarmé !

Elle est mon firmament, le jour de ma prunelle !
C'est mon appui sur terre alors que je chancelle,
Seul amour d'ici-bas qui ne soit point trompeur,
L'oiseau de Paradis voltigeant sur ma route ;
C'est la voix qui me dit de croire quand je doute,
  D'espérer quand j'ai peur !

Ne la conviez pas à vos fêtes splendides ;
Elle ne comprend pas de voluptés sans moi,
Et ne pourrait aux Cieux, qui lui sembleraient vides,
Porter tout son amour avec toute sa foi !
Pour que nulle douceur ne leur paraisse amère,
Afin qu'en vos sentiers leur pas soit triomphant,
  Seigneur, n'oubliez pas la mère,
  Quand vous faites partir l'enfant !

Pitié pour elle, ô Christ ! pitié ! Je vous conjure
Par vos affections qui n'ont pas de mesure,
Par le sang généreux qui baigna votre croix,
Par l'amour qui soutint votre âme pèlerine,
Par l'immense douleur de la Vierge divine,
Alors qu'elle vous vit sans regards et sans voix !

Fais-moi traîner souffrance, ennui, pauvreté sombre,
D'une éternelle nuit sur mes yeux répands l'ombre,
Courbe à ton gré mon corps et blanchis mes cheveux,
Abreuve-moi de fiel et de pleurs si tu veux,
Prends-moi tout, Dieu puissant, mais laisse-moi ma fille !
Je n'ai pas d'autre amie, et pas d'autre famille !
— Je blasphème.... Pardon ! Je souffre tant, mon Dieu !
Qu'exigez-vous de moi pour épargner ses charmes ?
J'ai déjà tant pleuré que je n'ai plus de larmes !
  Vous plaît-il que je fasse un vœu ?

Je garderai, Seigneur, un éternel veuvage,
Et fermerai mon cœur à l'appel du plaisir ;
Je n'aurai plus au fond de mon âme sauvage
Qu'Alice pour amour et le Ciel pour désir !
Je passerai les nuits et les jours en prière,
D'un cilice de crin je ferai mes atours,
Mon lit de cendre aura des oreillers de pierre,
Et mes regards au sol s'abaisseront toujours !

J'irai pieds nus à Rome, en disant le rosaire ;
J'enchâsserai dans l'or les os des saints martyrs ;
Je veux sur les genoux gravir le mont Calvaire,
Puis aux flots du Cédron plonger mes repentirs.

— Ou plutôt, je vous fais, Seigneur, un vœu suprême :
Gardez-moi mon trésor, ma fille, et désormais,
  Seigneur, je vous promets
  De vous aimer comme je l'aime !...

A DES EXILÉS.

—

I.

O vous dont la voix pleure au seul mot de patrie,
Vous dont le jour est sombre et qui pourtant voulez,
Comme Rachel en deuil, n'être pas consolés,
Ne dites plus : Hélas! nous sommes exilés
Et la fleur d'espérance est pour nous défleurie!

Exilés! Et qui donc ne l'est point ici-bas?
Dans ce monde des corps l'âme est une étrangère,
Elle vient pour partir. Divine passagère,
D'une aile impatiente elle effleure la terre,
    Mais elle n'en est pas.

Son pays est plus beau , sa demeure est plus haute ,
Son horizon plus large et son bien plus réel.
Puisqu'à l'âme , flottante ainsi qu'un arc-en-ciel ,
Le monde offre du vide et les plaisirs du fiel ,
    Notre exil est sur toute côte !

II.

Votre esquif sombre donc sur les flots du destin
Que vous pleurez ainsi votre patrie absente ?
Et vous n'avez donc plus de bonheur enfantin
    Ni de pensée adolescente ?

Vos ruisseaux n'ont-ils point de naïves chansons
Quand ils courent sans but à travers vos prairies ,
Et ne faites-vous plus de buissons en buissons
    Errer vos blanches rêveries ?

Le rossignol a-t-il des chants moins doux , le soir ,
Sur la terre d'exil que sur celle de France ?
Est-il sur vos gazons moins bon d'aller s'asseoir
    Pour caresser une espérance ?

Parmi les peupliers et les pins frémissants
Le vent sème-t-il moins de vagues harmonies ,
Et n'a-t-il point là-bas de soupirs languissants
    Ni de voluptés infinies ?

Les astres meurent-ils dans votre firmament ?
La nuit n'a-t-elle point semé vos cieux d'étoiles ?
Et ne voyez-vous plus avec ravissement
    Dieu caché derrière ses voiles ?

Si vous avez de l'air, du soleil et des fleurs,
Et les mille trésors puisés dans la nature,
Ne dites plus : l'exil est la source des pleurs,
    Car à Dieu vous feriez injure !

Vivre loin des oiseaux heureux d'un grain de mil
Et chantant leurs amours en gracieux Tibulles,
Ne pas fondre son cœur à tous les crépuscules,
    Voilà le véritable exil !

Qu'importe où l'on séjourne et qu'importe où l'on meure !
Il est sous tous les cieux des cœurs faits pour l'amour.
Ce vent souffle partout afin que d'heure en heure
      L'âme des hommes pleure
      Et chante tour-à-tour.

Août 1845.

REGINA.

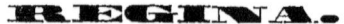

Que partout le bonheur est mêlé d'amertume !
VOLTAIRE.

Je ne sais quoi de doux et d'amer tout ensemble.
Prosper BLANCHEMAIN.

Oh ! d'où vient qu'une voix
Simple , pure et touchante ,
Vibre ici quelquefois ?
— C'est Regina qui chante.

Qui pousse des sanglots ,
Quand sonne minuit , l'heure
Favorable aux complots ?
— C'est Regina qui pleure.

D'où vient qu'un doux Ave
D'ici monte à Marie
Quand le jour est levé ?
— C'est Regina qui prie.

Prières, chants et pleurs
Composent tout poème.
Voluptés et douleurs
S'unissent quand on aime.

Septembre 1845.

Étoile entre les Femmes.

—

Avec toy tout, et sans toy ie n'ay rien.

Louise LABÈ.

Rêvant dans mes désirs jusques au diadème,
Pour en parer le front de la femme que j'aime.

Hippolyte LUCAS.

Étoile entre les femmes ,
Ton regard est l'aimant ,
Ton âme est l'instrument
Qui font chanter les âmes.
Vent suave d'espoir
S'élève quand tu parles :
Près de toi filles d'Arles
Seraient laides à voir.
On porterait envie
A qui t'aurait suivie
A genoux tout un jour :
On donnerait dix ans de vie
Pour une heure de ton amour !

Mon âme est ta vassale ,
Et ton cœur est mon roi.
La rose du Bengale
Est moins rose que toi.
Mais quelque douce chose
Que me soit ta beauté ,
Quelque doux virtuose
Que soit ton chant d'été ,
O mon seul météore ,
Ta bonté plus encore
Parfume ton séjour !
Veux-tu ma gloire à son aurore
Pour une heure de ton amour ?

Si ton cœur , ce beau livre
Qu'on voudrait parcourir ,
Ne m'aidait pas à vivre ,
Il me ferait mourir.
Graves-y mon image ,
Et pour chasser l'oubli ,
A cette seule page
Que l'amour fasse un pli.
Je voudrais , ma lumière ,
O ma beauté première ,
Donner en troubadour
Une éternité tout entière
Pour une minute d'amour !

LA VIE EN QUATRE MOTS.

A mademoiselle Elise Moreau.

—

Espérez. L'espérance est l'aube avant le jour.
Rêvez souvent. Le rêve est seul digne d'envie.
Chantez. Le chant vient en aide à l'amour.
Aimez. L'amour vient en aide à la vie.

Espérez ! L'espoir, en somme,
Est pour l'homme
Des faux biens le plus réel,
Et la vie est, quoi qu'on fasse,
La préface
Du livre qu'on lit au Ciel.

Rêvez ! Pour qu'ici commence
    L'ère immense
Que l'esprit doit parcourir ,
Pour que vos jours soient un vase
    D'où l'extase
Déborde à faire mourir !

Chantez ! Au barde l'empire !
    De Shakespeare
On peut monter jusqu'à Dieu.
La voix de femme qui chante
    Est touchante
Et triste comme un adieu.

Aimez ! On passe sur terre
    Solitaire ,
Et comme dans un linceul ,
A moins qu'une amour profonde
    Ne confonde
Deux jeunes cœurs en un seul !

Espérez. L'espérance est l'aube avant le jour.
Rêvez souvent. Le rêve est seul digne d'envie.
Chantez. Le chant vient en aide à l'amour.
Aimez. L'amour vient en aide à la vie.

1845.

SOLITUDE.

A monsieur Dominique Fargeasse.

—

Heureux qui ne livre pas son âme aux mille bruits
du monde!
Ch. DIDIER.

Conduisez-moi plutôt dans une solitude tranquille;
c'est là que le poëte goûte des joies pures.
GOETHE.

Au fond d'une campagne, errant de chêne en chêne,
Vous vivez de repos.
BRIZEUX.

Vous qui pouvez, ami, dans votre solitude,
Vous posséder vous-même en abritant vos jours,
Et céder à loisir aux attraits de l'étude,
    Vos plus chères amours,

Oh! vous jouissez là d'un trésor que j'envie!
L'un de l'autre nourrir son esprit et son cœur,
Écrire en méditant loin du bruit, cette vie
    N'est pas loin du bonheur!

Autour de vous tout est lumière et poésie.
Vous n'avez qu'à laisser , comme des papillons ,
Voler votre pensée et votre fantaisie
    De sillons en sillons.

Vous pensez pour penser , non pour noircir des pages ,
Vous vivez de vous-même et créez vos plaisirs ;
Vous dites , en lisant les chefs-d'œuvre des sages :
    Qu'est-ce que les désirs ?

Vous trouvez chaque soir à l'ombre des vieux hêtres
Dans vos songes l'espoir , l'oubli dans vos sommeils ,
Et toujours le matin vous ouvrez vos fenêtres
    A de riants soleils.

Sous les arbres en fleurs quand vous errez tranquille ,
Vous aimez à suspendre une idée aux rameaux :
Votre toît reste, ainsi que votre âme , un asile
    Impénétrable aux maux.

Que j'y voudrais (le rêve est le pain du poète)
Fixer aussi ma tente et mes vœux inconstants ,
Afin que votre automne, en si douce retraite ,
    Mûrisse mon printemps.

Septembre 1845.

PAX.

A M........

—

Regardez toujours la guerre comme le plus
grand fléau dont Dieu puisse affliger un empire.

MASSILLON.

Priez pour paix, le vray trésor de joye.

Charles D'ORLÉANS.

Ils ne sont plus, ces temps d'erreur et de délire
Où le barde n'avait à vanter sur la lyre
Que les coursiers fougueux et le glaive puissant,
Où les chants étouffaient les larmes des victoires,
Où la meilleure estime et les plus belles gloires
    Ne s'achetaient qu'au prix du sang.

Cette honte n'est plus qu'une tache effacée.
La matière est vaincue. Il faut que la pensée
Devienne dans ces temps le bras des nations.
Combattons par l'esprit : l'autre puissance est morte :
Le règne de l'idée est le trésor qu'apporte
    Le flot des révolutions.

Quand l'homme du destin dans l'ornière profonde
Faisait rouler son char, et quand, de par le monde
Ses éperons d'acier retentissaient toujours,
Lorsqu'en rouge il changeait le vert de l'espérance
Et faisait, lui, le fort, un camp de notre France,
     Et de nos lyres des tambours ;

De son plus beau joyau la France dessaisie
D'heure en heure voyait pâlir la Poésie,
Elle d'où vient l'espoir, elle qui fait aimer !
L'intelligence était comme un jachère immense :
Mais à nous d'y jeter la première semence,
     A vous de la faire germer !

A vous de consacrer le long repos des armes,
L'avarice du sang et l'épargne des larmes ;
Malgré la haine folle et les bruits détracteurs
Jetez le premier cri d'armistice éternelle :
C'est une mission hautement solennelle
     Celle des pacificateurs !

Faire oublier les jours qui nous pesaient naguères,
Détourner à tout prix le noir fléau des guerres,
Suivre la ligne droite, et, dédaignant l'affront,
Tolérer les écarts de la libre parole,
Triompher par l'esprit, — Dieu ne donne un tel rôle
     Qu'à ceux qu'il a marqués au front !

Que tout chemin soit large à l'époque où nous sommes ;
N'aimons pas un pays, mais aimons tous les hommes ;
Les peuples sont liés par la fraternité :
Toute alliance est sainte, et toute guerre impie :
Mêmes cieux étoilés, dit la philantropie,
    Couvre toute l'humanité.

Continuez votre œuvre, et méprisez les blâmes
Que les esprits étroits ont pour les grandes âmes.
Entre tous les pouvoirs comme entre tous les droits
Quand vous aurez enfin rétabli l'équilibre,
Mais sans l'impôt du sang, qui pourra, d'un cœur libre,
    Contre vous élever la voix ?

    Ni la mère qui de l'armée
    Avec tristesse parle bas,
    Et dont la pauvre âme alarmée
    N'a jamais compris les combats,
    Qui vit d'espoir et de prière
    Et qui de la lettre dernière
    Lit les feuillets déjà relus,
    Tremblant toujours qu'un homme d'armes
    Ne lui dise en versant des larmes :
    « Ton fils était, ton fils n'est plus ! »

    Ni l'amante dont la pensée
    Durant sept ans porte le deuil,

Et qui, la jeune délaissée,

S'assied tous les jours sur le seuil,

Et puis, plongeant au loin la vue,

Dit : « Je me serais souvenue,

Moi, bien mieux qu'il ne se souvient! »

Ignorant que la loi fusille

Le soldat qui vers sa famille

Et vers ses amours s'en revient !

Ni le jeune homme au cœur d'élite

A qui la science sourit,

Qui pèse, étudie et médite

Les grands problèmes de l'esprit,

Rêveur à l'âme noble et tendre

Que la loi des camps force à prendre

Un œil aveugle, un cœur soumis,

Une volonté mal trempée,

Au lieu de sa plume une épée,

Des compagnons au lieu d'amis !

Oui, ceux que l'esprit guide, et ceux que le cœur mène,

Ceux qui brûlent de voir la destinée humaine,

Riche de charité, s'agrandir en tout point ;

Ceux qui, fiers de leur siècle où toute graine est mûre,

Ont l'amour pour drapeau, la raison pour armure,

Ceux-là ne vous renieront point.

Nous, enfants par le cœur, mais hommes par la tête,
Nous n'accepterons pas de bataille pour fête
Et ne descendrons point armés sur le forum,
Pour n'avoir plus de deuil caché sous notre joie
Nous devrons suivre tous une commune voie
    Avec le même labarum.

Quoiqu'il fermente en nous une pensée ardente
Il n'est pas de jeune âme en qui l'enfer de Dante
Pût, horrible et fatal, être encore enfanté :
Réchauffés aux rayons de toute connaissance,
Nous croyons que partout la suprême puissance
    N'est que la suprême bonté.

Le corps enfin soumis à l'âme triomphante,
Voilà l'œuvre qu'il faut que notre siècle enfante.
L'échelle de Jacob figure l'avenir :
On souffre, on pleure en bas ; en haut on s'extasie,
Et l'on comprend ces mots d'amour, de poésie,
    Qu'on ne pouvait pas définir.

Oh ! le sang fait glisser les pieds de la fortune !
Plus de sang ! Des combats de presse et de tribune !
Et vous, marchez devant : le siècle vous suivra.
Apôtre de la paix, à ce sublime rêve
Ne vous arrachez pas : que par vous il s'achève,
    Et le Christ enfin régnera

Marchez ! Fussiez-vous seul ! votre trace bénie
Resplendira plus tard des éclairs du génie !
A vous qui comprenez le besoin d'ériger
En principe l'amour et la paix en système ,
Que bonne soit la vie ! Ici-bas Dieu vous aime
   Et vous garde de tout danger !

1845.

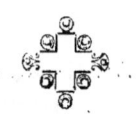

Strophes à ma Sœur.

—

C'est à la vérité un beau nom et plein de
dilection que le nom de frère.

MONTAIGNE.

« Je voudrais pouvoir élargir mon cœur pour
t'aimer davantage ! »

LETTRE.

Sœur ! Oh ! le son charmant, la syllabe joyeuse !
Le mot suave et pur ! la voix harmonieuse !
  Nom de sœur !
Oh ! la note empruntée à la divine gamme !
Parole bonne à dire et qui remplit notre âme
  De douceur !

Poésie à mon cœur, musique à mon oreille,
Qui fait qu'en moi jamais l'amour pur ne sommeille !
      Doux rayon
Qui vient durant les nuits illuminer ma voie !
Espérance qui seule ensemence de joie
      Mon sillon !

Sœur ! Oh ! première amante, ange gardien qui prie !
Fraîche rosée alors que l'âme est défleurie !
      Sœur en tout !
Voix qui dit, quand parfois notre pensée est noire :
« Courage en ton chemin, peut-être que la gloire
      Est au bout ! »

Sœur, ton amitié m'est la meilleure des choses.
Nulle parmi les fleurs, nulle parmi les roses
      N'a pour moi
Plus d'attraction douce et de parfum suave !
Nous nous aimons, c'est tout. Je ne suis ton esclave
      Ni ton roi,

Nos cœurs sont compagnons et nos esprits sont frères.
La vie est un voyage où les vents sont contraires
      A nous deux :
Nos esquifs sont battus par les mêmes tempêtes
Mais c'est la même étoile aussi qui sur nos têtes
      Luit aux cieux.

L'âme de l'un connaît si bien l'âme de l'autre !
Tu comprends si bien , toi , mes tendresses d'apôtre ,
Mon désir ,
La sainte ambition dont mon cœur est l'asile ,
Et mon rêve de gloire , éclair si difficile
A saisir !

Que de fois avons-nous au temps des rêveries
Semé d'illusions nos chères causeries !
Que de fois ,
A ces heures de calme où l'âme au Ciel s'élance ,
Nos entretiens ont-ils recherché le silence
Et les bois !

Nos jours d'insouciance ont passé sur la terre.
Ma voix est maintenant grave , mon front austère ,
Et jamais
Mon âme n'est un lac sans brouillard et sans ride :
Mais , va , sœur , j'ai toujours la tendresse limpide
Que j'avais !

1845.

APRÈS AVOIR LU

les

OEUVRES POSTHUMES D'EUGÈNE ORRIT.

—

« Toutes les souffrances exprimées dans ses
vers ont été pour lui une réalité. Aucun écho n'a
répété ses plaintes ; personne n'a daigné recueillir
le fruit de ses veilles ; cette compensation lui a
été refusée. Sa mémoire est tombée dans l'oubli ;
elle ne vit plus que dans le cœur de sa mère
inconsolable, et de son frère, objet de la plus
tendre sollicitude. »

La mère d'Eugène ORRIT.

Esprits d'hommes rêveurs , et vous les cœurs de femmes ,
Qui d'égoïsme encor n'êtes pas entachés ,
Oh ! j'en appelle à vous ! — C'est à ceux dont les âmes
N'ont jamais la froideur des rameaux desséchés
Que je jette ce cri déchirant et suprême :
— Eh quoi ! les justes voix de la postérité
Rediront qu'en ce siècle — au siècle dix-neuvième ! —
Des cœurs faits de génie et d'immortalité,

Des hommes qui marchaient dans la plus droite voie
N'ont pu cueillir, hélas! de fleurs sur leur chemin,
Qu'un monde ingrat leur a dénié toute joie,
Et que nul des puissants ne leur tendit la main!
Que des gens au cœur vil, aux railleuses réponses
Leur ont dit : « Reposez sur un lit de cailloux,
« Ne marchez qu'à travers l'aubépine et les ronces;
« Ce qui nous serait rude est encor bon pour vous! »
Que ceux-là qui versaient dans les intelligences
Leur amour en rosée et leur pensée à flots,
Sont morts sans que le cri de leurs âpres souffrances
Ait trouvé nulle part les plus faibles échos!
Qu'ils ont mouillé leur pain des pleurs de l'amertume,
Purifié le peuple aveugle en ses désirs,
A cet apostolat, dont le labeur consume,
Sacrifié repos, jeunesse, amours, plaisirs,
Afin qu'on les laissât dans la fange et dans l'ombre
S'éteindre lentement, désespérés, et seuls,

  Et se jeter dans la nuit sombre
  Avec leurs gloires pour linceuls!

Oh! c'est un deshonneur! une lâcheté noire
Qui met à l'âme un crêpe et fait douter de tout!
Oh! c'est à se briser le crâne, c'est à croire
Que dans aucune veine un noble sang ne bout!
Que demande un poète en ce siècle de prose?
De pouvoir librement rêver des jours entiers
Devant l'eau qui s'écoule ou devant une rose
Que l'amour fait rougir sur le bord des sentiers!

Homme durant le jour, des baisers de la Muse

Il voudrait s'enivrer pour être Dieu le soir :

Quand le labeur des nuits enfin le mine et l'use,

Il voudrait le loisir, mais il ne peut l'avoir !

D'autres pourtant sont-là dont le char l'éclabousse,

Qui de leurs propres biens sont même embarrassés ;

Ils possèdent des bois, lui pas un brin de mousse,

Quand ils ont trop de tout, lui n'a de rien assez !

Lors, il brise à jamais ses amours de la terre,

L'âme ardente consume un corps qui dépérit ;

Puis, un jour, le poète en un coin solitaire

Meurt, sans qu'on s'en étonne, ainsi qu'Eugène Orrit.

O toi qui mets le Ciel derrière l'agonie,

Toi qui mets l'espérance au fond des repentirs,

A ces morts, accusés du crime de génie,

Donne là-haut, Seigneur, la palme des martyrs ;

Ne permets plus surtout qu'il se trouve une mère

Qui puisse, sur la fosse où dort son seul amour,

Écrire : « L'hôte, hélas ! de ce triste séjour,

« Vécut de poésie et mourut de misère ! »

1845.

A Béranger.

Béranger fait des odes sublimes en ne croyant
faire que des chansons.

          Benjamin CONSTANT.

Écoutez les transports d'une foule idolâtre!

          A. BIGNAN.

O trouvère qui seul as pu d'une main sûre
Au socle de la lyre attacher des grelots,
Toi dont la voix, alors que la nef s'aventure,
Réveillerait l'espoir au cœur des matelots,
Quoi! tu ne chantes plus la jeunesse et les belles,
L'honneur, la liberté, la gloire et les amours?
Aigle, ne veux-tu plus ouvrir tes larges ailes?
Poète, as-tu cessé tes hymnes pour toujours?

Elle a tant de parfums, ta muse couronnée
De la rose et du myrte aimés d'Anacréon!
Tout front jeune est courbé devant ta destinée,
Tout jeune cœur pour toi devient un panthéon!

Ne rêveras-tu plus à des odes nouvelles
Quand du fleuve au hasard tu suivras les détours ?
— Aigle, ne veux-tu plus ouvrir tes larges ailes ?
Poète, as-tu cessé tes hymnes pour toujours ?

Tes jours ne seraient-ils qu'une triste épopée ?
Aurais-tu pour chanter suivi trop de convois ?
Qu'importe ? le soldat doit garder son épée,
Le poète ici-bas doit conserver sa voix !
Il nous faut un Tyrtée aux strophes solennelles
Quand la brise africaine apporte des bruits sourds.
— Aigle, ne veux-tu plus ouvrir tes larges ailes ?
Poète, as-tu cessé tes hymnes pour toujours ?

O gai ménétrier, chante pour ceux qui pleurent
De ne voir jamais plus les champs ni les moissons,
Pour ces hommes actifs et pauvres qui demeurent
Avec les moineaux francs, tout au haut des maisons.
Ne guideras-tu plus ces phalanges fidèles
A qui ton souvenir rend les fardeaux moins lourds ?
— Aigle, ne veux-tu plus ouvrir tes larges ailes ?
Poète, as-tu cessé tes hymnes pour toujours ?

Si des nobles castels tu n'es pas le trouvère,
Pour la cabane au moins garde ton gai savoir ;
Fais des chansons pour ceux qui n'en savent pas faire,
Donne la joie à ceux qui n'en sauraient avoir !

Abandonneras-tu ces faibles hirondelles
Que menacent la serre et le bec des vautours?
— Aigle, ne veux-tu plus ouvrir tes larges ailes?
Poète, as-tu cessé tes hymnes pour toujours?

Afin qu'il puisse éclore un poétique rêve
Sous le crâne hâlé des humbles travailleurs ;
Afin que leur esprit ne reste pas en grève,
Afin qu'ils aient le corps au joug, mais l'âme ailleurs,
Laisse briller encor tes vives étincelles,
Seule clarté qui puisse éclairer leurs séjours.
— Aigle au vol populaire, ouvre tes larges ailes,
Poète créateur, chante, oh! chante toujours!

1845.

CLARTÉS ET TÉNÈBRES.

A monsieur Joseph Cabatut.

—

> La Poésie vous prend sur ses ailes et vous
> enlève dans la sphère de la paix, de la lumière
> et de l'harmonie.
> Édouard ALLETZ.

Jeune encor ne plus voir le soleil tout en flammes
A la fois rayonner au ciel et dans nos âmes ;
  Ne plus voir désormais,
Sous le voile brumeux des crépuscules pâles,
Les fleurs se fiancer aux brises matinales,
  Ne plus les voir jamais !

Ne plus voir tout pensif les étoiles jalouses
Étinceler, ainsi que des yeux d'andalouses
  Au rendez-vous du soir ;
Ne plus voir, amoureuse et timide, la lune
Mettre un manteau tout blanc sur la nuit toute brune,
  Hélas ! ne plus la voir !

Et puis aimer les arts, religion sans voiles,
Comme on aime les fleurs, l'aurore et les étoiles,
  Comme on aime le Ciel ;
Adorer de Rubens les anges et les reines,
Trouver l'art dans Van-Eyck aux lumières sereines,
  Et Dieu dans Raphaël!

Aimer de passion les saintes, les madones,
Les clochers de dentelle et les vieilles gorgones
  Qui font rêver si bien,
Les temples où l'artiste admire et se prosterne,
Où nul sort n'est mauvais, où nul regard n'est terne,
  Et puis ne voir plus rien !

Vivre dans une sphère où rien n'est blanc ni rose !
Oh ! c'est une pensée accablante, et ce deuil
Fait que l'âme vieillit, et puis, tiède et morose,
Habite au fond du corps ainsi qu'en un cercueil !

Pourtant, console-toi, mon frère en poésie,
Tu possèdes encor plus que tu n'as perdu :
Ton cœur pleurait d'abord et ton cœur s'extasie,
Tu criais vers la tombe et Dieu t'a répondu!

N'as-tu pas des plaisirs dont ton esprit se pâme?
Tout le Ciel est à toi quand la terre te fuit ;
La nuit est dans tes yeux, le jour est dans ton âme ;
Aveugle, n'as-tu pas l'amour qui te conduit?

N'as-tu pas la pensée, étoile radieuse,
Qui précède tes pas au milieu du désert ?
N'as-tu pas sur ta route, humble et laborieuse,
L'étude, arbre au feuillage éternellement vert ?

Des divins maestri quand les accords suaves
Te font des chérubins imaginer le chœur,
Suspendant tout ton être aux brûlantes octaves,
Ne les chantes-tu pas avec la voix du cœur ?

L'imagination, cet océan sans grève,
Ne sauve-t-elle pas du réel qui déçoit ?
Que fait le voile aux yeux si le monde qu'on rêve
Est mille fois plus beau que le monde qu'on voit ?

Puisque ta voix, poète, a la grandeur des psaumes,
L'amoureuse douceur des O salutaris ;
Puisque tu vas plus haut que la sphère des hommes
Et que ton âme plane en un ciel tout d'iris,

Va, le fiel est pour nous et pour toi l'ambroisie,
Ton chemin n'est que sombre et le nôtre est ardu :
Oh ! console-toi donc, mon frère en poésie,
Tu possèdes encor plus que tu n'as perdu !

1845.

BIBLIOMANIE.

A monsieur Naudet,

C. de la b. r.

—

C'est par là que je vaux, si je vaux quelque chose.

BOILEAU.

C'est qu'un livre
C'est tout! Lorsque vos cœurs seront bien désolés,
Vous ouvrirez un livre et serez consolés.

Léon GUÉRIN.

Votre étoile n'a pas d'influence mauvaise ,
Et vous êtes heureux , vous qui pouvez à l'aise
Promener vos regards ainsi que votre esprit
De pensée en pensée et d'écrit en écrit ,
Et , selon vos loisirs et vos goûts pouvez lire
Ce qu'a dicté le cœur, ce qu'a chanté la lyre ,
Ce qu'enseigne l'histoire et révèlent les arts !
Tous ces livres divins , ces conteurs babillards ,

Tous ces prêteurs d'esprit, ces savants, ces poètes,
Des jours déjà perdus fidèles interprètes.
Ces clefs dont la magie ouvre tous les chemins,
Ces immenses trésors, ils sont entre vos mains,
Et vous pouvez vous-même habiter leur demeure,
Les voir, les consulter, jouir d'eux à toute heure,
Le jour, la nuit, sans cesse! — Oh! vous êtes heureux,
Et douce est une vie à couler avec eux! —

La Bibliothèque! Oui, pour moi c'est une enceinte
Qui d'une vieille église à la majesté sainte.
Ces livres imposants, noblesse en qui je crois,
M'inspirent le respect comme un congrès de rois ;
Car moi qui tant les aime et qui tant les désire,
Qui vénère un auteur et lui dirais bien Sire,
Je pense qu'un bon livre est l'unique pouvoir
Qui borne les chagrins sans borner le devoir.
Je trouve en ces foyers, où toujours le feu brille,
D'excellentes amours et comme une famille ;
Ils sont tous mes parents, ils sont tous mes amis,
Mais aux vieillards d'entre eux surtout je suis soumis,
Et jamais ne les raille. Un antique volume
Est le flambeau d'esprit où le nôtre s'allume.
Alors même qu'il est ridé, poudreux, jauni,
C'est encore un soutien, c'est encore un doux nid
Vers lequel nous volons, nous, les oiseaux trop jeunes,
Lorsque dans nos déserts nous sommes las des jeûnes.

— Le volume qui dort du sommeil de l'oubli,
Où l'admiration n'a pas formé de pli,
Me touche au fond de l'âme ; et je fouille sa cendre,
En pensant qu'un guerrier, sans être un Alexandre,
Pourtant peut quelquefois avoir été vainqueur.
Tout livre, plus ou moins, dit quelque chose au cœur.
Rien ici-bas, je crois, n'est absolument vide,
Et pour glaner partout il faut n'être qu'avide.
En soulevant le poids d'un lourd in-folio,
En éclairant la nuit d'un ancien fabliau,
Si j'espère trouver une seule pensée
Qui de toute mémoire à tort soit effacée,
Je la cherche avec zèle et, j'en donne ma foi,
La cueille avec amour! Oh! mais, c'est que nul roi
Ne se sent plus de joie après une conquête !
Aussi quand ces jours-là luisent, mon esprit fête,
Songeant que cet éclair sorti de son tombeau,
A l'auteur exhumé doit aussi sembler beau.
Peut-être, ayant ainsi l'humeur accommodée,
Trouvè-je du bonheur dans une folle idée ;
Mais si j'aime à laisser les noms derniers venus
Pour des noms qui sont morts sans qu'on les ait connus,
C'est que pour moi, qui cours après toute lumière,
Il est doux d'animer une froide poussière,
Et de parler d'un homme à qui l'éclat du jour,
L'éloge, le renom fut le plus cher amour,
Et dont le livre, bien qu'il soit privé de flamme,
Est sacré, puisqu'au moins il garde un reste d'âme:

Tous ces livres vantés, chefs-d'œuvre précieux,
Éclos dans une autre ère, inspirés d'autres Cieux,
Ces codes souverains, ces riches héritages,
Qu'avec religion nous ont transmis les âges,
Ces œuvres qui pour nous sont de l'antiquité
Les lettres de noblesse et d'immortalité,
Oh! je les aime aussi! Je suis, quand je les choye,
Plein d'admiration, mais n'ai pas tant de joie
Qu'à rendre un souvenir, un peu de vie à ceux
Qui n'ont qu'oubli profond et silence autour d'eux,
Un hommage aux talents pour qui l'ingratitude
De la postérité fait une solitude,
Qui sous un poids d'étude et de travail courbés
Pour être glorieux trop jeunes sont tombés,
Mais qui ne seraient pas frustrés de toute gloire
Si l'homme dans le cœur eut placé la mémoire!

Livres de tous les temps, obscurs ou célébrés,
Seront toujours pour moi de ces amis sacrés
Qu'on ne quitte jamais, sur lesquels on s'appuie,
Et par la main de qui toute larme s'essuie!
Car souvent, lorsqu'au fond de mon étrange esprit
Moins de soleil rayonne et moins d'espoir sourit,
Quand je sens, fiel à fiel, s'amasser en moi-même
Tous ces dégoûts profonds qui sont comme un problème,
Ces précoces ennuis qu'on ne définit pas,
Quand je vais sans savoir où je porte mes pas,

Lorsqu'aux angles obscurs de toute incertitude
Je me brise le front, et que de lassitude
Mon cœur tombe épuisé dans le doute infini,
Se créant pour souffrir tout un Gethsémani,
Alors pour confident je prends quelque doux livre
Dont la raison console et dont la voix délivre
Des sombres visions et des doutes pesants !

Oh ! que je craindrais moins l'orage et les brisants,
Si pour mettre ma barque à l'abri des tempêtes
Je pouvais jeter l'ancre en la rade où vous êtes,
Si de votre océan j'avais un filet d'eau,
Si j'étais mousse enfin sur le noble vaisseau
Dont vous êtes, Monsieur, capitaine et pilote.
Mon âme est triste, errante, et tout vent la ballotte ;
Elle entre dans la vie ainsi qu'une autre en sort,
Et pourrait cependant aborder à bon port,
Si, délivrée enfin de ses dures entraves,
Vous la faisiez jouir de ses études graves,
Recueillir sa pensée, et veiller au milieu
De ces livres sacrés qui nous parlent de Dieu !
Oh ! comme, en m'abreuvant à ces sources fécondes,
Des heures et des jours je ferais des secondes !
Que pour mon cœur lassé j'aurais de doux gazons !
Comme j'agrandirais mes premiers horizons !
Comme je braverais la fortune contraire,
Quand j'aurais, ô bonheur ! dans chaque livre un frère

Intime, sympathique, et dont l'aimable accueil
Mettrait des jours de fête après mes jours de deuil !
Par un élan du cœur suppléant le génie,
Quel doux salut j'aurais pour cette compagnie !
Qu'il me plairait de dire à tous ces bien-aimés,
De savante poussière à mon gré parfumés :

Salut ! philosophie,
Doux calice de miel,
Science en qui la vie
Trouve un chemin du Ciel ;
Rivière large et belle
Qui berces ma nacelle
Et coules à pleins bords,
Tu calmes la souffrance
Et fais de l'espérance
Un linceul pour les morts !

Salut ! ô savante histoire,
Phare que l'homme a dressé
Pour que la nuit fût moins noire
Sur l'océan du passé ;
Témoin dont la voix dépose
Qu'il n'est pas de fait sans cause,
Pas d'homme sans mission,
Et pas d'humaine pensée
Sans une route tracée,
Pas de graine sans sillon !

Salut ! vibrantes poésies ,

O filles des illusions ,

Amours entre toutes choisies ,

Vous qui rendez aux nations

L'existence un peu moins amère ;

Vous qui chantez depuis Homère

Moins de plaisirs que de douleurs ;

Vous qui parlez de Ciel et d'âmes ,

Vous que lisent les jeunes femmes

Entre le sourire et les pleurs !

Soyez bénis de tous , philophes , mes maîtres ,

Qui pénétrez au fond du mystère des êtres ,

Et dont la voix sévère en mon cœur fait germer

Les principes que j'aime et qui me font aimer.

Quand la fièvre sans nom des désirs indicibles ,

Rend aux terrestres bruits mes sens inaccessibles ,

Quand tout mon être tend vers ce suprême bien

Dont l'absence tourmente et qu'on ne sait pas bien ,

Je vous lis , et toujours la page que j'achève

Semble un coin de rideau qui sur le ciel se lève !

—Soyez bénis aussi , vous , naïfs chroniqueurs

Qui parlez de combats sans cuirasser vos cœurs ,

Qui tirez des leçons des hommes pour les hommes,

Du siècle où vous étiez pour le siècle où nous sommes !

—Vous dont l'âme épandue au sein de l'univers ,

A l'amour pour pensée et pour langue les vers ,

Vous les riches de cœur , bardes aux voix sonores ,
Tristes amants des soirs , doux chantres des aurores ,
Vous sur qui la douleur lève un plus lourd impôt ,
Et qui brûlez vos yeux à regarder trop haut ,
Soyez surtout bénis , ô mes frères par l'âme !
Vos accords font parfois que mon esprit se pâme
Et que mon cœur se fond ! Alors que je vous lis ,
Je crois ouïr les chants de divins bengalis !
Aux savants qui ne vont qu'en des routes finies ,
Je vous préfère , oiseaux , avec vos harmonies ,
Comme on préfère au fleuve orgueilleux et jaloux
Le ruisseau gazouillant sur un lit de cailloux ,
Au cri du paon royal les chansons d'amourettes
Du merle dans les bois , les fraîches pâquerettes ,
Les bleus myosotis aux larges dahlias ,
Aux graves Te Deum les gais Alleluias !

O rois de la pensée , ô rois de la parole ,
Oui , de chacun de vous je me me crée une idole ,
C'est-à-dire un reflet , une image de Dieu ,
Soleil qui vous donna des parcelles de feu.
Quand j'ai soif d'infini , la terre pour mon âme
Semble manquer d'espace , et les hommes de flamme :
Alors , lancés trop haut , mes désirs impuissants
Retombent sur moi-même , et mon plus pur encens
Ne pouvant pénétrer la région première ,
S'arrête à vous , rayons de la grande lumière !

Car le plus beau génie est l'esprit qui des Cieux,
Son séjour primitif, s'est souvenu le mieux.
Inspirez le bien-dire, et portez au bien-faire,
Livres, mes doux amis, et dans mon humble sphère
Faites descendre au moins quelques lueurs! Le jour
Nous vient par le savoir, le savoir par l'amour.
Vous avez de ma nuit déjà fait une aurore,
Brillez encor pour moi! Donnez, donnez encore
Des sentiers à mes pas, des fleurs à mes sentiers!
Réservoirs de science, ouvrez-vous tout entiers!
Flots bénis du savoir, débordez sur ma rive:
J'ai la force, l'espoir, le désir, et j'arrive!
Sur cette mer où flotte aux vents l'esprit humain
Je ramerai toujours sans reposer ma main.
Du choc des éléments je me ferai des fêtes,
Et mêlerai mon âme à toutes les tempêtes!
Ma plume, ma pensée, ô mes chers avirons,
Fendez la sombre vague, et nous aborderons.
Que si l'orage éclate et déchire mes voiles,
O mes livres puissants, ô mes bonnes étoiles,
Soyez-moi ce fanal qui met à nu l'écueil,
Donne la force au cœur, et la lumière à l'œil!

1845.

❖❖❖

LA FEMME.

SONNET.

—

Lorsque de notre vie une page attachante
Se tourne, hélas ! trop tôt pour qu'on l'ait lue assez ,
Il vient un doute noir qui rend l'âme méchante,
Il vient un dégoût froid qui rend les sens glacés ;

Mais que la femme parle avec sa voix touchante ,
Qu'un de ses regards tombe en nos cœurs oppressés ,
Où tout mourait tout vit, où tout pleurait tout chante ,
Et la ride s'efface à nos fronts caressés.

La femme est, quand on l'aime, une magicienne.
Toute joie ici-bas découle de la sienne ;
De nos larmes, à nous, ses rires sont vainqueurs ;

Si, tel qu'un brouillard gris, le chagrin sur nous pèse,
Qu'importe ? Où la femme est, tout orage s'apaise,
Et sa tendresse met un arc-en-ciel aux cœurs !

1845.

EPILOGUE.

—

A mes Amis.

—

Hic teneat nostras anchora jacta rates.

OVIDE.

Si la muse divine arrête ici mes pas ,
Si je suspends ma lyre , Amis , oh ! ce n'est pas
Que ma première plume enfin soit émoussée ,
Ni que dans mon cerveau tarisse ma pensée.
Ce n'est pas qu'aujourd'hui ma foi dans l'avenir
Soit pareille au miroir qu'un souffle a pu ternir,
Ni qu'à l'arbrisseau vert déjà manque la sève ,
Ni qu'un doute , fardeau que nul bras ne soulève ,
Ait épuisé ma force et fait pâlir mon front :
Bien des strophes encor du nid s'envoleront ;

Quand finiront les chants de l'oiseau de passage
C'est qu'il aura fini son court pèlerinage,
Car je sens dans ma tête et mon cœur tour-à-tour
S'alimenter l'idée et bouillonner l'amour.
Pourtant, je clos ici mon timide volume,
Car il nous faut tailler une meilleure plume,
Et mieux régler la stance au vol irrésolu,
Lorsque de nos vingt ans le cercle est révolu.

De la vie, a-t-on dit, bien triste est l'épilogue.
Je le crois. Je ne suis encore qu'au prologue,
Mais le commencement fait deviner la fin.
Rarement un sourire est pour moi tendre et fin.
Il est peu de regards dont un éclair m'envoie
A l'œil quelque lumière, à l'âme quelque joie.
Marchant au hasard, loin du foyer paternel,
Je touche avec angoisse au moment solennel
Où toute illusion nous trompe et nous échappe.
J'ai par un temps mauvais fait ma première étape.

Mais qu'importent les maux, si j'ai des chants en moi,
Des songes dans lesquels je suis plus grand qu'un roi,
Des feuilles de papier blanches et satinées,
Où mon crayon distrait fait des têtes ornées
De flammes sur le front et de pleurs dans les yeux ?
Si, rêvant aux amours de l'homme avec les Cieux,
Je puis voir à minuit le firmament sans voiles,
Et sourire à Vénus, la reine des étoiles ?

Si j'ai toujours beaucoup de livres sous ma main ,
— Les livres sont les fruits tombés sur mon chemin , —
Un peu de ce soleil aux poétiques flammes ,
Un peu d'amour ? Vraiment, c'est le soleil des âmes !

Un rien me met en joie , un rien me met en deuil.
Si la pensée humaine était visible à l'œil ,
On verrait que la mienne est parfois tout en rose
Et parfois tout en noir. Quand je me sens morose
J'appelle à moi la Muse , et me plais à songer
Aux parfums qui s'en vont de la fleur d'oranger
Comme à ceux qu'on respire au passage des belles ,
Et mon caprice vole avec les hirondelles ,
Avec les papillons , les anges , les amours
Et les soirs de printemps qui s'envolent toujours.
Mon esprit vagabonde , et mille images folles
Dansent autour de lui comme des lucioles.
Je vais de fleur en fleur, et de cent miels divers
Je bâtis l'alvéole où s'enchâsse mon vers.
Ainsi flotter au gré de toute fantaisie ,
Me brûler aux ardeurs de toute poésie ,
Voilà le seul bonheur que mon cœur puisse avoir ,
Voilà le seul point blanc qui soit dans mon ciel noir !

Le seul ? Amis , oh ! non. Je mêle en mon délire
Les concerts de vos cœurs aux chansons de ma lyre.
L'amour est le secret des forts : il est si doux
De s'appuyer le cœur , vous sur moi , moi sur vous !

Quelque soit le courant où l'aquilon m'entraîne,
Religion du cœur, tu resteras ma reine !
La vie est un détroit et l'amour est au fond
Comme une perle fine en l'océan profond.

Mon cœur, ne sois donc plus comme une solitude !
A moi les jours de rêve, à moi les nuits d'étude,
A moi la Poésie avec son regard bleu,
Et la vie, et le monde ! A moi ma part de Dieu !

Doux idéal d'amour, sois encor le domaine
Où, pensif et chercheur, mon esprit se promène.
Archétype parfait de suprême beauté
Sois le but où mon cœur tend avec volupté !
Belle philosophie, ô toi, la fleur divine,
Lys qui pousses au bord d'une sombre ravine
Et qui parfumes seul la vie où nous passons,
Soleil qui du savoir fait mûrir les moissons,
Lumière qui nous fais trouver Dieu dans les hommes,
Le Ciel où nous serons dans le monde où nous sommes,
Toi qui, prêtant la force à qui naît pour souffrir,
Changes l'ennui de vivre en l'espoir de mourir,
Revêts dès à présent mon cœur de confiance,
Mon âme de grandeur, mon esprit de croyance :
Voix secrète de Dieu, fais respecter toujours
La charité, mon rêve, et les vers, mes amours !

Je passe et chante, Amis, et si je ne vous donne
Que les fleurs de mon nid, il faut qu'on me pardonne.

Je suis un jeune oiseau dont les ailes encor
N'ont pas toutes poussé. Je n'ai pas pris l'essor.
Je n'aurais pu me joindre , avec si courtes ailes ,
Hirondelle petite aux grandes hirondelles.
Peut-être , quand le temps ne me devra plus rien ,
Oserai-je élever mon vol aérien ,
Si vous me conservez de fraternelles âmes ,
Et si ma voix résonne au fond des cœurs de femmes !
Quand un autre printemps viendra tout rajeunir,
Je vous apporterai quelque nouveau message :
Vous le savez , amis , les oiseaux de passage
       S'en vont afin de revenir.

1845.

TABLE.

—

DIX-NEUVIÈME ANNÉE.

VINGTIÈME ANNÉE.

Fin de la Table.

www.ingramcontent.com/pod-product-compliance
Lightning Source LLC
Chambersburg PA
CBHW071904020726
47502CB00003B/888